El millonario italiano

Katherine Garbera

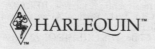

HARLEQUIN™

Editado por HARLEQUIN IBÉRICA, S.A.
Núñez de Balboa, 56
28001 Madrid

© 2009 Katherine Garbera. Todos los derechos reservados.
EL MILLONARIO ITALIANO, N.º 1661 - 24.6.09
Título original: The Moretti Heir
Publicada originalmente por Silhouette® Books

I.S.B.N.: 978-84-671-7208-9
Depósito legal: B-16873-2009
Editor responsable: Luis Pugni
Preimpresión y fotomecánica: M.T. Color & Diseño, S.L.
C/. Colquide, 6 portal 2 - 3º H. 28230 Las Rozas (Madrid)
Impresión y encuadernación: LITOGRAFÍA ROSÉS, S.A.
C/. Energía, 11. 08850 Gavá (Barcelona)
Fecha impresion para Argentina: 21.12.09
Distribuidor exclusivo para España: LOGISTA
Distribuidor para México: CODIPLYRSA
Distribuidores para Argentina: interior, BERTRAN, S.A.C. Vélez
Sársfield, 1950. Cap. Fed./ Buenos Aires y Gran Buenos Aires,
VACCARO SÁNCHEZ y Cía, S.A.
Distribuidor para Chile: DISTRIBUIDORA ALFA, S.A.

Capítulo Uno

Desde cualquier punto de vista, Marco Moretti era un hombre que lo tenía todo. La victoria que acababa de obtener formaba parte de su plan para llegar a ser el corredor Moretti más galardonado de todos los tiempos. Su abuelo Lorenzo había ganado tres campeonatos seguidos, algo que Marco también había hecho, aunque tenía intención de superar el récord de su abuelo ese mismo año.

Ambos corredores Moretti estaban empatados a victorias con otros tres corredores, pero Marco pensaba obtener otra aquel año, algo por lo que había luchado desde que era un conductor novato.

Estaba convencido de que lo conseguiría. Nunca había fracasado en ninguna de las metas que se había propuesto, y aquélla no iba a ser una excepción. Entonces, ¿por qué se sentía tan aburrido e inquieto?

Su compañero de equipo, Keke Heckler, estaba sentado a la mesa junto a él, bebiendo y charlando con Elena Hamilton, una modelo de portada de la revista *Sports Ilustrated*. Keke parecía tener el mundo en sus manos. Marco no lograba dejar de pensar que debía haber algo más en la vida que las carreras, los triunfos y las fiestas.

Tal vez se estaba poniendo enfermo e iba a caer con la gripe o algo parecido en cualquier momento.

O tal vez se trataba de la maldición de la familia. Supuestamente, ningún Moretti podía triunfar al mismo tiempo en los negocios y en el amor.

—¿Marco? —dijo Keke con su marcado acento alemán.

—¿Sí?

—Elena me ha preguntado si ibas a quedar con Allie más tarde.

—No. Ya no estamos juntos.

—Oh, lo siento —dijo Elena.

Unos minutos después, Keke y Elena se levantaron de la mesa para ir a bailar mientras Marco permanecía sentado. Aquella fiesta era tanto para él como para la *jet set* que seguía las carreras de Fórmula 1. Vio a otros corredores entre el mar de bellezas que asistían a la fiesta, pero no se acercó a ninguno.

Allie y él se habían distanciado durante la época del año en que no se corrían carreras. Era como si sólo quisiera estar con él cuando era el centro de atención. Una parte de Marco anhelaba la vida tranquila que llevaban otras personas. No podía renunciar al glamour que iba unido al mundo de la Fórmula 1, pero, a veces, cuando estaba solo, le habría gustado contar con alguien con quien compartir los momentos tranquilos de su vida y la villa de Nápoles a la que solía retirarse para ser un hombre normal.

Miró a su alrededor. Ninguna de las preciosas

mujeres que había allí sobresalía de las demás; todas eran demasiado bellas para ser descritas, pero Marco sabía que nunca encontraría entre ellas una que quisiera aquel tipo de vida.

¿Qué le sucedía?

Estaba en condiciones de iniciar una nueva era para Moretti Motors. Sus hermanos y él habían crecido en un mundo de lujo y privilegios, conscientes de que no tenían riqueza propia. Algo que Dominic, Antonio y él cambiaron en cuanto tuvieron edad suficiente para hacerlo.

En la actualidad, los tres eran hombres respetados en el duro y competitivo mundo del diseño de automóviles. Bajo su guía, Moretti Motors había vuelto a recuperar el liderazgo del negocio de coches de carreras. El poder del motor Moretti y el novedoso diseño de su chasis habían convertido a sus coches en los más rápidos del mundo, algo de lo que Marco era consciente cada vez que se sentaba tras el volante de su Fórmula 1. ¿Qué más podía pedir?

De pronto se quedó sin aliento al fijarse en una mujer que se hallaba en el otro extremo de la sala. Era alta y su pelo era del color del ébano. Su piel era pálida, como la luz de la luna del mediterráneo. Sus ojos… en realidad se encontraba demasiado lejos como para estar seguro, pero parecían profundos y sin límites.

Llevaba un vestido sutilmente sensual, del mismo color azul cielo que el mono de carreras de Marco. Llevaba el pelo sujeto en alto y algunos rizos sueltos enmarcaban su rostro.

Marco se puso en pie. Estaba acostumbrado a que las mujeres acudieran a él, pero necesitaba conocer a aquélla. Tenía que averiguar quién era y reclamarla suya.

Ya avanzaba hacia ella cuando la mujer se volvió y despareció entre la multitud. La estaba buscando con la mirada cuando sintió que alguien apoyaba una mano en su brazo.

Marco se volvió y vio que se trataba de su hermano Dominic. Eran de la misma estatura y ambos compartían los mismos rasgos clásicos romanos, al menos según la revista italiana de negocios *Capital...* algo que solía utilizar Antonio, su hermano mediano, para burlarse de ellos.

–Ahora no –dijo Marco, que tenía intención de encontrar a la misteriosa mujer.

–Sí, ahora. Es urgente. Antonio acaba de llegar y tenemos que hablar –Dominic era el líder de su fraternidad. No sólo porque fuera el director de la empresa, sino también porque era el motor de aquella nueva época de prosperidad para Moretti Motors.

–¿No puede esperar? Acabo de ganar la primer carrera de la temporada, Dom. Creo que tengo derecho a celebrarlo.

–Puedes celebrarlo luego. Esto no nos va a llevar mucho tiempo.

Marco miró de nuevo hacia donde había visto a la mujer, pero no había rastro de ella. Se había ido. Tal vez la había imaginado.

–¿Qué sucede? ¿Y dónde está Antonio?

–De camino. Vamos a la sección VIP a hablar. No me fío de la multitud.

Aquello no sorprendió a Marco. Dom no corría riesgos en lo referente a Moretti Motors. Él fue quien se dio cuenta de que la maldición que cayó sobre su abuelo Lorenzo era la responsable de que sus padres hubieran perdido su patrimonio. Marco no daba demasiado crédito a las maldiciones hechas por viejas brujas italianas, pero su padre creía que la maldición era responsable del cambio de fortuna de su familia.

Cuando eran adolescentes, sus hermanos y él juraron con sangre que nunca se enamorarían y que devolverían su antigua gloria y poder al nombre Moretti.

Mientras avanzaba con su hermano entre la multitud, Marco fue felicitado en varias ocasiones por su triunfo, pero él no dejó de buscar con la mirada a la mujer morena. No la encontró.

Cuando entraron en la zona VIP de la sala, separada del resto por una cortina, encontraron a Antonio esperándolos.

–Habéis tardado mucho.

–Marco es el campeón. Todo el mundo se lo disputa –dijo Dom.

–¿Cuál es el problema? –preguntó Marco, que no estaba interesado en enzarzarse en una de las habituales discusiones fraternales que no llevaban a nada.

–El problema es que la familia Vallerio no quiere dejarnos utilizar su nombre para la nueva producción de nuestro coche.

El Vallerio había sido el coche insignia de Moretti Motors hasta los años setenta, fecha en que

7

dejó de producirse. Recuperarlo era el plan de Dominic para reestablecer el domino de la empresa en el mercado.

—¿Cómo puedo ayudar? —preguntó Marco—. Keke o yo podemos llevar el coche a Le Mans y ganar las veinticuatro horas con él.

—Imposible. El abogado de los Vallerio ha interpuesto un recurso.

—Necesitamos convencer a la familia Vallerio para que nos permita utilizar su nombre —dijo Dominic.

—¿Qué sabemos de ellos? —preguntó Marco.

—Que Pierre Henri Vallerio odiaba al abuelo Nonno y que probablemente esté saltando de alegría en el más allá al pensar que sus descendientes tienen algo que necesitamos —dijo Antonio.

—De manera que se trata de una contienda familiar.

—Más o menos. Creo que dirían no sólo para demostrar que pueden.

—En ese caso, tendré que ofrecerles algo que no puedan rechazar —dijo Antonio.

—¿Por ejemplo? —preguntó Marco. Su hermano mediano estaba acostumbrado a ganar. Todos lo estaban.

—Ya pensaré en algo. Dejadlo en mis manos.

—No podemos permitir que desbaraten nuestros planes.

—Desde luego que no.

Marco sabía que el problema no duraría mucho. El abogado de los Vallerio se llevaría una sorpresa cuando tuviera que tratar con Antonio.

Virginia Festa había pasado por un momento de pánico cuando Marco se había levantado y se había encaminado hacia ella. Sabía que le gustaba que sus mujeres se mostraran interesadas, pero no hasta el punto de mostrarse demasiado obvias. De manera que se volvió con la esperanza de… oh, en realidad se había alejado debido al pánico.

En marzo hacía mucha humedad en Melbourne, Australia, algo que había anticipado antes de dejar su casa en Long Island. De hecho, había planeado cada detalle de aquel viaje con todo detalle, consciente de que la sincronización lo era todo. Pero no había anticipado el elemento humano. Un error que sin duda cometió su abuela cuando lanzó la maldición sobre los varones Moretti.

Sospechaba que su abuela, que sólo tenía conocimientos rudimentarios de la antigua brujería *strega*, no se dio cuenta de que cuando maldijo a su amante Lorenzo Moretti y a su familia, también estaba maldiciendo a las mujeres Festa. Virginia se había pasado la vida estudiando la maldición que utilizó su abuela para tratar romperla. No había forma de limitarse a retirarla, ya que su abuela había sido la que había pronunciado el conjuro y ya había muerto.

Le irritaba haberse asustado después de haber llegado tan lejos. Estaba poniendo en marcha un plan que había estado elaborando desde que tenía dieciséis años, desde el momento en que descubrió la maldición que su abuela había lanzado sobre los hombres Moretti y, por accidente, sobre las mujeres Festa.

Se frotó las manos en su clásico vestido Chanel. Iba a tener que tratar de encontrar a Marco de nuevo, encontrarlo y camelarlo sin delatar su plan. La clave residía en mostrarse imprecisa. Había pasado muchas horas estudiando libros sobre el embrujo *strega* que su abuela había utilizado para maldecir a los Moretti y buscando una forma de romperlo. Tras su investigación había decidido que, para poner el plan en marcha, debía ser anónima.

Sólo tenía el recuerdo de su abuela de las palabras que pronunció, palabras que Cassia escribió en su diario y que Virginia había estudiado. Su abuela exigió venganza por su corazón roto y, al hacerlo, había condenado a las mujeres Festa a tener siempre el corazón roto.

No podía haber una unión de corazones Moretti y Festa. Tenían que permanecer siempre separados. Pero su sangre… Mientras estudiaba todo lo que podía sobre maldiciones, Virginia había encontrado un laguna en la de su abuela. Separadas, ambas familias permanecerían malditas para siempre. Pero si llegara a nacer un hijo con sangre Festa y Moretti, la maldición quedaría rota. Un hijo voluntariamente entregado a ella por un Moretti repararía el daño que Lorenzo Moretti había infligido a su mujer dos generaciones atrás y liberaría a los Moretti y a los Festa de su maldición.

Pero, una vez llegado el momento de la verdad, estaba realmente nerviosa. Una cosa era hacer planes para conquistar a un hombre estando cómodamente sentada en casa, y otra muy distinta era volar al otro extremo del mundo para poner en marcha su plan.

Salió del abarrotado salón a una terraza desde la que se divisaba el centro de Melbourne. Hasta entonces, los únicos lugares en que había estado habían sido el pequeño pueblo italiano en que creció su abuela, y Long Island, donde vivía.

Aquella noche, de pie en aquella terraza, mientras contemplaba el cielo negro cuajado de estrellas, sintió que estaba a punto de empezar algo nuevo. Toda la magia *strega* que le habían enseñado su madre y su abuela se basaba en estar al aire libre. Alzó la mirada hacia la luna y dejó que su brillo la fortaleciera.

–Hace una noche preciosa, ¿verdad?

La profunda voz masculina que escuchó a sus espaldas le produjo un agradable cosquilleo por todo el cuerpo, y no se sorprendió cuando, al volverse, vio a Marco Moretti de pie tras ella. El pánico que había sentido hacía un rato en el salón no regresó.

–Es cierto.

–¿Puedo reunirme contigo?

Virginia asintió.

–Soy Marco Moretti.

–Lo sé. Felicidades por tu triunfo de hoy.

–A eso me dedico, *mi'angela* –dijo Marco, sonriente.

–No soy tu ángel –replicó Virginia, aunque le encantó el sonido del italiano de Marco.

–Dime tu nombre y así podré llamarte por él.

–Virginia –dijo ella, muy consciente de que su apellido la delataría.

–Virginia... muy bonito. ¿Qué haces aquí, en Melbourne?

–Verte ganar.

Marco rió.

–¿Te apetece beber algo conmigo?

–Sólo si podemos quedarnos aquí –Virginia no quería volver al bullicio de la fiesta. Fuera mantenía mejor el control y podía concentrarse. Además, necesitaba hacer acopio de toda la magia *strega* posible. El cielo cuajado de estrellas y la luna la ayudarían.

–Desde luego.

Marco hizo una seña a un camarero.

Cuando sus bebidas llegaron, Marco tomó a Virginia por el codo y se alejaron de la gente que deambulaba por la terraza. Mientras caminaban, Virginia se hizo muy consciente del sutil roce de los dedos de Marco en su carne.

Cuando llegaron a una zona más tranquila, Marco dejó caer la mano. Se apoyó de espaldas contra la barandilla y miró a Virginia. Ella se preguntó qué vería, con la esperanza de que la encontrara misteriosa, sexy y seductora. Temía que sus nervios delataran el juego que se traía entre manos.

–Háblame de ti, *mi'angela bella*.

Virginia no contaba con sentirse atraída por Marco. Había imaginado que llegaría allí, mostraría un poco de pierna y de escote para estimular a Marco, que éste se la llevaría a la cama y que ella se iría a la mañana siguiente.

No había contado con que sus sentidos se vieran tan afectados por Marco. Le encantaba su acento y el ritmo de sus palabras mientras hablaba. También le gustaba el aroma de su colonia, y que le hiciera sentirse como si fuera la única mujer del mundo. Por supuesto, aquello encajaba con lo que había averiguado sobre él; que sus relaciones, aunque cortas, eran muy intensas.

–¿Qué quieres saber, *mi diavolo bello?*

Marco volvió a reír y Virginia comprendió por qué se le consideraba un hombre tan encantador. El encanto formaba parte intrínseca de su personalidad.

–De manera que piensas que soy atractivo.

–Pienso que eres un diablo.

–Me encanta el sonido del italiano en tus labios. Háblame de ti en italiano.

–Sólo conozco algunas frases. ¿Qué quieres saber de mí?

–Todo.

Virginia movió la cabeza.

–Ésa sería una historia muy aburrida. Nada como la afamada historia de Marco Moretti.

–Seguro que eso no es cierto. ¿A qué te dedicas?

–Ahora mismo estoy en un periodo sabático –dijo Virginia, lo que era cierto. Había pedido una excedencia de seis meses en su trabajo como profesora en una escuela universitaria de arte para seguir la temporada de carreras de Fórmula 1 y conocer a Marco.

–¿Por qué?

–El año que viene voy a cumplir treinta años y he decidido que ya era hora de conocer el mundo. Siempre he querido viajar, pero nunca he tenido tiempo.

–¿Así que es una mera coincidencia que ambos estemos en Melbourne?

–Sí –contestó Virginia. Una coincidencia provocada por ella.

–Melbourne es sólo la primera parada. Es una de mis ciudades favoritas.

–¿Qué es lo que te gusta de ella? –preguntó Virginia.

–Lo que más me gusta esta noche es que estamos juntos.

–Esa frase hecha es muy mala –dijo Virginia con ironía.

–No es una frase, sino la verdad –replicó Marco–. Ven a bailar conmigo.

Virginia tomó un sorbo de su bebida. Había llamado la atención de Marco y había conseguido que la conversación no se centrara en ella, y ahora…

–De acuerdo.

–¿De verdad has tenido que pensarlo? –preguntó Marco a la vez que la tomaba de la mano y la atraía hacia sí.

–En realidad no. Pero no me esperaba esto.

–¿Qué no te esperabas?

–Encontrarte tan atractivo.

Marco rió

–Yo tampoco esperaba encontrarte a ti, Virginia.

–¿Y qué esperabas?

–Otra fiesta para celebrar la victoria en la que todo el mundo simula sentirse feliz por mí aunque en realidad les da igual.

–¿Y eso suele suponer un problema para ti?

–En realidad no. Así son las masas. Todo el mundo está aquí para ver y ser visto.

Virginia estaba segura de que Marco había revelado con sus palabras más de lo que pretendía. Pero antes de que pudiera preguntarle algo más, la tomó por la barbilla, se inclinó y la besó en los labios.

Virginia sintió la calidez de su aliento y el delicado roce de su lengua contra su boca.

Y en ese momento supo con certeza que la misión a la que se enfrentaba era más peligrosa de lo que había imaginado. Porque iba a ser muy difícil no colarse por Marco Moretti.

Capítulo Dos

El plan de Virginia estaba funcionando… demasiado bien. Marco era delicado y encantador. Eso se lo esperaba. Pero también era divertido y sabía reírse de sí mismo.

Todo el mundo quería estar con él aquella noche, disfrutar de su gloria. Conscientes de que tenía posibilidades de batir el récord de victorias en el circuito de la Fórmula 1, la gente quería estar cerca de él.

Había tratado de apartarse de él en varias ocasiones desde que habían regresado al salón, pues no se sentía cómoda siendo el centro de atención, pero Marco la había tomado de la mano y la había retenido a su lado mientras avanzaban entre la multitud.

Allí no tenía por qué esforzarse en parecer misteriosa. Nadie la conocía, y lo cierto era que no creía que nadie quisiera conocerla aquella noche. Simplemente era una chica bonita más colgada del brazo de Marco.

Pero a la feminista que había en su interior le indignaba ligeramente verse relegada a ese papel.

–Lo siento, *mi'angela*, pero ganar siempre significa que mi tiempo no es mío.

–No hay problema –dijo Virginia. Estaba aprendiendo mucho de Marco sólo con observarlo. Se preguntó si su abuela habría sido consciente de cómo era el estilo de vida de la Fórmula 1. ¿Sería aquél el motivo por el que Lorenzo Moretti no quiso sentar la cabeza con ella? Tal vez no quiso renunciar a aquel estilo de vida a cambio de un hogar y una familia.

–¿En qué estás pensando, *cara mia*?

–En que no recuerdas mi nombre y por eso sigues llamándome esas cosas.

–Me ofendes, Virginia.

–Lo dudo.

Marco sonrió.

–Me gustaría saber en qué estás pensando. Pareces muy seria para estar en una fiesta.

Virginia no supo cómo responder a aquello. Necesitaba mostrarse misteriosa. No podía permitirse olvidar ni por un momento que no estaba allí para enamorarse de Marco Moretti. Estaba allí para romper una maldición.

Pero cuando Marco la tomó entre sus brazos en la pista de baile, lo olvidó todo sobre planes y maldiciones… todo excepto la sensación de sus brazos rodeándola.

–Estaba pensando que en esta fiesta todo el mundo parece querer algo de ti.

–¿Incluyéndote a ti?

«Sí», pensó Virginia, pero no lo dijo en alto.

–De acuerdo, sé que quieres algo. Yo también quiero algo de ti –dijo Marco.

–¿Y de qué se trata?

–Otro beso.

Aquello facilitaba las cosas para Virginia, porque para llevar adelante su plan necesitaba que Marco la deseara. Pero al mismo tiempo…

–Estás volviendo a hacerlo –susurró él junto a su oído–. Voy a empezar a pensar que no estás a gusto conmigo.

Un delicioso escalofrío recorrió de arriba abajo a Virginia. Sintió que sus pechos se volvían más pesados y que sus pezones se excitaban como buscando el cálido aliento de Marco.

–Por supuesto que estoy a gusto contigo, Marco. Eres el hombre que toda mujer desea… sólo tienes que mover un dedo para que acudan a tu lado.

–Esta noche no quiero estar con cualquier mujer, Virginia. Sólo quiero estar contigo.

–¿Por qué?

–Podría decir que es por el misterio que esconden tus ojos color chocolate. O por lo delicada que es tu piel.

–¿Y no es por eso?

–No, *cara mia*. El motivo por el que sólo quiero estar contigo es mucho más básico. Demasiado como para ser expresado con palabras.

–Deseo.

–Lo dices casi con desdén, pero el deseo y la atracción a primera vista son muy poderosos. No he sido capaz de pensar en nadie más desde que te he visto.

Virginia sonrió y dejó a un lado todos lo sueños adolescentes que había albergado sobre el amor. Despertar el deseo de Marco era precisamente lo que buscaba, y debería alegrarse de haberlo conseguido.

—A mí me ha sucedido lo mismo.

—¿En serio? —murmuró Marco a la vez que la atraía hacia sí. Mientras seguían bailando, inclinó la cabeza y acarició con los labios la piel del cuello de Virginia. Mientras lo hacía murmuró algo que ella no pudo entender. Lo único que sabía en aquellos momentos era que deseaba a Marco Moretti.

Se sentía viva en brazos de aquel hombre. Tal vez se debía a la magia de la noche, o tal vez se le había subido a la cabeza el poco alcohol que había bebido. Pero en el fondo sabía que era la maldición resurgiendo. Sabía que aquella atracción iba más a allá de Marco y de ella.

Sabía que era algo cósmico y maravilloso. Especialmente cuando Marco inclinó la cabeza hacia la suya. Sin esperar a que la besara, se puso de puntillas y sus labios se encontraron a medio camino.

Marco la besó con una pasión que Virginia sólo conocía por los libros y las películas. Se aferró a sus hombros mientras toda la feminidad que palpitaba en ella respondía a su masculinidad.

Besar a Virginia era adictivo. Se parecía a la sensación de correr a trescientos cincuenta kilómetros por hora en un circuito de carretas. Uno tenía la sensación de controlar algo que en realidad sabía que no podía controlar.

Su boca era dulce como la miel, y se aferraba a

él como si no fuera a cansarse nunca de que la besara. La sacó de la pista de baile con un brazo en torno a su cintura.

–¿Adónde vamos? –preguntó Virginia, sin aliento.

–A un lugar en que podamos estar solos. ¿Te parece bien? –preguntó Marco. Se sentía casi como si ya se conocieran. Con Virginia no sentía el distanciamiento que sentía con otras mujeres.

Ella asintió y sonrió.

–Me gustaría –dijo.

Marco captó un matiz de timidez en su voz, una timidez que no encajaba con la misteriosa y lanzada mujer que había conocido hasta aquellos momentos.

–¿Virginia?

–¿Sí?

–¿Estás segura?

Marco vio que dudaba, pero enseguida asintió, se puso de nuevo de puntillas y le rozó los labios con los suyos antes de besarlo profunda y apasionadamente.

–Estoy segura –dijo.

–Bien –replicó Marco con voz ronca.

Ya se encaminaban hacia el ascensor cuando Marco estuvo a punto de gruñir al ver que Dominic se acercaba a ellos. No quería hablar con su hermano en aquellos momentos.

–*Merda* –murmuró.

–¿Disculpa? –Virginia se apartó de él–. ¿Hay algún problema?

–Perdóname. Mi hermano se dirige hacia aquí y con él siempre hay que hablar de negocios.

Marco reprimió el impulso de pulsar el botón del ascensor. Hacerlo habría sido dejar ver que tenía miedo de Dominic, y ése no era el caso. Sólo quería sacar a Virginia cuanto antes de la fiesta para estar a solas con ella.

–No sabía que los conductores de los coches de carreras también se implicaban en la dirección de la empresa –dijo Virginia.

–En Moretti Motors hemos decidido mantener el negocio en familia. Eso significa que todos tenemos un papel activo en la dirección.

–¿Y eso no te distrae de tu trabajo?

A Marco le gustaba estar implicado en la dirección de la empresa. Dominic, Antonio y él habían llegado a la conclusión de que el motivo por el que su padre había perdido el control de las acciones de la compañía había sido que no se había implicado lo suficiente en los detalles diarios. Y él y sus hermanos no estaban dispuestos a permitir que volviera a suceder.

–En general no… pero puede suponer un obstáculo para mi vida amorosa.

Virginia puso los ojos en blanco.

–Puede que decir cosas como ésa suponga un problema mayor para ti.

Marco le dedicó una sonrisa encantadora.

–A la mayoría de las mujeres no les importa.

–No estoy segura de eso.

–Compenso mis… cómo diríamos… malas maneras con otros detalles que las mujeres aprecian.

–¿Qué detalles?

–Te los mostraré en cuanto salgamos de aquí.

–Te tomo la palabra. ¿Quieres que te deje a solas con tu hermano?

–No –contestó rápidamente Marco, que no quería volver a perder de vista a Virginia–. Dom no me retendrá mucho rato.

–¿Tienes un momento, Marco? –preguntó Dominic cuando los alcanzó.

Marco tomó la mano de Virginia y la apoyó en la parte interior de su codo.

–En realidad no. He prometido mostrar a Virginia uno de mis lugares favoritos en Melbourne. Puedo quedar contigo mañana.

Dominic no pareció especialmente feliz con su respuesta, pero lo cierto era que nunca parecía demasiado feliz.

–No hay problema. Pero mañana vuelo de vuelta a Italia y tengo una agenda muy apretada.

–Comprendo –dijo Marco. Por mucho que lamentara el retraso, Moretti Motors era tan importante para él como para Dom.

–Virginia, te presento a mi hermano mayor, Dominic. Dom, ésta es Virginia… –Marco se dio cuenta de que no conocía su apellido. Aquélla no iba a ser la primera que iba a pasar una noche con una mujer cuyo apellido era un misterio para él. De manera que, ¿por qué le preocupaba?

–Es un placer –dijo Dominic.

–El placer es mío.

–¿Has disfrutado de la carrera de hoy?

–Me la he perdido –dijo Virginia, que se ruborizó ligeramente.

A Marco le extrañó aquello. La mayoría de las

mujeres que seguían el circuito no se perdían nunca una carrera.

—¿En serio? —preguntó.

—Mi vuelo se retrasó. Me he disgustado, pero al menos tenía la perspectiva de esta fiesta para animarme.

—¿De dónde eres? —preguntó Dominic.

—De Estados Unidos.

—La mayoría de los estadounidenses prefieren el circuito NASCAR. ¿Sigues también ese deporte? —preguntó Marco.

—No. Siempre he preferido el glamour de la Fórmula 1.

Marco alzó una ceja.

—¿Qué es lo que te parece más glamuroso?

—Esta fiesta, por ejemplo —dijo Virginia—. Oh, mira, el ascensor ya está aquí.

Las puertas se abrieron mientras Marco pensaba en la ambigüedad de sus respuestas. ¿Estaría ocultando algo?

Virginia pasó un brazo por su cintura y lo atrajo hacia sí.

—Recuerda que has prometido enseñarme tu lugar favorito de Melbourne.

—Desde luego. *Ciao*, Dom.

—*Arrivederci*, Marco.

—De manera que eres de Estados Unidos —dijo Marco mientras se alejaban del hotel en su deportivo.

Virginia sabía que las preguntas iban a llegar.

Hasta entonces había logrado mantener la vaguedad, pero el encuentro con Dominic probablemente había hecho comprender a Marco lo poco que sabía de ella.

–Sí. De Long Island. ¿Dónde creciste tú? Sé que Moretti Motors tiene su sede en Milán, ¿pero vives allí?

–Tengo una villa en Milán, y mi familia tiene una finca en las afueras.

–¿Te gusta vivir en Milán? Nunca he estado allí.

Virginia ya sabía que la familia Moretti tenía una propiedad en San Giuliano Milanese. Su abuela había acudido allí a maldecir a Lorenzo, y había una gastada foto de la propiedad de los Moretti colgando en la pared en su casa. Su abuela se la había legado junto con su diario.

–Es una ciudad en la que siempre hay algo que hacer –Marco se encogió de hombros–. Es mi hogar.

Virginia envidió su sentimiento de pertenencia a Milán. Se palpaba en su voz, en sus palabras. A diferencia de ella, que nunca había encajado en ningún lugar, Marco tenía un sitio al que podía considerar su hogar. Y aquél era uno de los principales motivos por los que estaba decidida a romper la maldición de su abuela. Anhelaba tener un hogar, una familia. Estaba cansada de estar siempre sola. Su madre y su abuela habían muerto y, por mucho que se hubiera esforzado, establecer lazos familiares siempre había estado fuera de su alcance.

Tener un hijo le daría la oportunidad de ser feliz. Cuando rompiera el hechizo, se casaría y daría a su hijo un padre y hermanos.

—Ya estamos aquí.

Las palabras de Marco sacaron a Virginia de su ensimismamiento. Al volver la mirada vio que un mozo uniformado se acercaba a abrir la puerta del coche. El edificio ante el que se habían detenido era un monumento a la arquitectura moderna, de diseño definido y personal.

—Buenas tardes, señor Moretti.

—Hola, Mitchell.

Entraron al vestíbulo del edificio y Marco se encaminó con Virginia hacia los ascensores.

—Creía que me traías a ver tu lugar favorito de Melbourne.

—Y eso he hecho. Mi ático tiene unas vistas espectaculares de la ciudad —dijo Marco a la vez que miraba su reloj—. Dentro de dos horas podrás comprobar lo maravilloso que es ver amanecer desde aquí.

—¿En serio?

—Sí… a menos que quieras que te lleve de vuelta a tu hotel.

Virginia negó con la cabeza.

Mientras el ascensor comenzaba a elevarse, Marco la tomó entre sus brazos y la besó.

Virginia sintió que la pasión que había despertado en ella mientras bailaban regresaba de inmediato. Su cuerpo anhelaba el de Marco. Había echado de menos su contacto durante el trayecto de veinte minutos en coche, y se preguntó hasta qué punto habría influido en aquel sentimiento el embrujo que había utilizado unas horas antes como ayuda para romper la maldición. No era una bruja en ejercicio, pero antes de acudir a Melbourne había decidido que necesitaría toda la ayuda posible para llevar adelante su plan.

Pero no pudo evitar preguntarse hasta qué punto sería real su deseo.

Cuando las puertas se abrieron, Marco se apartó de ella y la tomó de la mano. Salieron directamente al vestíbulo del ático de Marco.

–Tengo toda la planta –explicó él–. ¿Te apetece beber algo?

–Sí, gracias.

El salón en el que entraron tenía ventanales que iban del suelo al techo y una puerta corrediza que daba a un gran balcón.

Virginia sintió un ligero pánico al darse cuenta de que había llegado el momento de la verdad. Iba a acostarse con aquel hombre, al que había conocido hacía menos de cinco horas, y luego iba a irse. Era algo que había planeado hacía meses, pero, llegado el momento de la verdad…

Se detuvo en medio de la sala con la sensación de estar viviendo una situación surrealista. Estaba excitada. Sentía cada centímetro de su piel estimulado por los besos y caricias de Marco. Mientras contemplaba el Monet que colgaba de una de las paredes, supo que realmente estaba allí, que aquello no era algo que simplemente estaba imaginando. Sin embargo, al mismo tiempo…

–¿Te gustaría salir? Podemos sentarnos en el jacuzzi y beber algo.

Virginia miró a Marco, con sus fuertes rasgos romanos, y vio en él un destello de su futuro. No iba a permitir que el pánico se adueñara de ella y le hiciera renunciar a todo lo que quería.

Necesitaba a Marco Moretti y, al parecer, él la deseaba aquella noche. Y aquello era todo lo que necesitaba. Se repitió aquello una y otra vez mientras salía a la terraza.

Capítulo Tres

Marco sirvió champán en dos copas. No era ningún inepto a la hora de cuidar a las mujeres de su vida, a pesar de que Allie se había quejado a menudo de que no le prestaba suficiente atención. Lo cierto era que se cuidada de excederse en sus atenciones.

No permitía que sus emociones se entrometieran, receloso de enamorarse de alguna mujer y por tanto de arruinar su vida.

Su móvil sonó en aquel momento y masculló una maldición al ver que se trataba de Dominic.

–¿Qué quieres ahora? –preguntó en italiano.

–Sólo quería recordarte que tuvieras cuidado. No podemos correr el riesgo de enamorarnos, especialmente ahora.

–*Mordalo* –murmuró Marco.

–No estoy tirando de tu cadena, Marco. Pero sabes que no podemos permitirnos enamorarnos de ninguna mujer.

Marco miró hacia el balcón en que se encontraba Virginia, apoyada contra la barandilla. No parecía peligrosa. No veía nada en ella que indicara que pudiera suponer un peligro para Moretti Motors.

–Es sólo una mujer, Dom –dijo, aunque no pudo evitar sentirse incómodo al hacerlo. Pero lo cierto era que sus prioridades estaban muy claras: correr y ganar. Moretti Motors y disfrutar de la vida. Y Virginia era una mujer con la que iba a poder disfrutar mucho aquella noche.

—Asegúrate de no olvidarlo.

—Nunca lo olvido. Creo que temes que Antonio y yo nos parezcamos demasiado a ti.

Su hermano, habitualmente locuaz, permaneció en silencio. Dom se enamoró en la universidad, y aquel breve lapso en su vigilancia le había servido como recordatorio constante de que todas las mujeres tenían el potencial de tentar a cualquiera de los Moretti.

—No sé lo que temo. Pero ten cuidado, Marco. Éste es el año en que todo va a cambiar. Hemos trabajado duro para llegar hasta aquí. Vamos a lanzar el nuevo modelo Vallerio. Vas a superar el récord de…

—Eso ya lo sé, Dom. *Buona notte*.

—*Buona notte*, Marco.

Marco colgó el teléfono pensando en su hermano mayor. Sospechaba que el corazón de Dominic era el más vulnerable de los tres.

—¿Marco?

—Ya voy, *mi'angela*.

La brisa nocturna agitó ligeramente el pelo de Virginia mientras Marco se acercaba a ella. Casi parecía formar parte de la noche, como si aquél fuera el único lugar en que pudiera existir. Casi como si fuera una fantasía. Pero era una mujer de carne y hueso… como había comprobado cuando la había besado.

–Creía que habías cambiado de opinión –dijo Virginia.

–En absoluto. Sólo quería asegurarme de que todo fuera perfecto –Marco le alcanzó una copa de champán.

–¿Esto forma parte del encanto que prometiste mostrarme antes?

–¿Tú qué crees?

Virginia rió, y el sonido de su risa fue como música en el viento. Marco cerró los ojos y alejó de su mente las preocupaciones que siempre le recordaba su hermano. Por aquella noche no era más que el ganador de una carrera con una bella mujer a su lado de la que disfrutar.

–No estoy segura.

Marco arqueó una ceja.

–¿Qué hace falta para convencerte?

–Prefiero reservarme la opinión hasta mañana por la mañana –Virginia alzó su copa–. Por tu victoria de hoy.

Marco brindó con ella y tomó un sorbo de su copa sin apartar la mirada de sus ojos.

–Por las mujeres misteriosamente bellas –dijo.

–*Grazie* –Virginia sonrió con timidez–. Pero no soy bella.

–Deja que vuelva a fijarme.

Virginia permaneció quieta, con una indecisa y casi frágil sonrisa en el rostro mientras Marco examinaba sus rasgos. Sus grandes ojos marrones parecían luminosos y llenos de secretos. Las gruesas pestañas que los rodeaban y el ligero toque de maquillaje en sus párpados les daban un aire exótico.

Lo siguiente que observó Marco fueron sus altos pómulos y su cremosa piel. Alzó una mano y la deslizó por su mejilla. Su nariz, larga y delgada, realzaba la elegancia de su rostro, pero era su boca lo que más le atraía.

Su labio superior era ligeramente más carnoso que el inferior, y ambos eran rosados y muy delicados al tacto. Deslizó el pulgar por ellos con sensual delicadeza.

—No veo nada que me haga cambiar de opinión.

—Puede que a tus ojos sea bella, pero te aseguro que otros hombres no me ven así.

—No me importan los ojos de los demás hombres, *mio dolce*.

—No... claro. Pero... yo nunca había hecho esto —dijo Virginia de repente.

—¿Ir al apartamento de un hombre? —Marco no pudo evitar sentirse un poco honrado y posesivo por el hecho de ser el primer hombre por el que Virginia se había sentido tan atraída.

Y no podía negar la atracción que sentía por ella. Esperaba que nunca llegara a saber cuánto la deseaba y cuánto poder le confería aquello sobre él.

—Sí... Estoy un poco nerviosa.

—Aún no es tarde para que te vayas. Podemos terminar nuestras bebidas y, si quieres, luego te llevo al hotel.

***

Virginia comprendió que Marco se estaba asegurando de que luego no pudiera decir que la había coaccionado. ¿O simplemente se estaba portando como un caballero? ¿Qué revelaba de ella el hecho de que lo primero que hubiera pensado hubiera sido el hecho de que Marco trataba de protegerse?

Pero lo cierto era que apenas podía hacer nada para protegerse. Lo único que quería ella era pasar aquella noche entre sus brazos… y su esperma.

Se sentía fría y calculadora. Sabía que cada noche millones de personas tenían una aventura que no significaba nada.

Pero ella no. Había vivido muy protegida toda su vida. Tras averiguar que el amor y el romance no iban a formar parte de su vida, decidió encontrar algún modo de que sus sueños románticos se hicieran realidad.

Sabía que su motivación para estar allí era romper la maldición de los Moretti. Pero, hacía unos momentos, cuando Marco le había descrito una belleza que ella era incapaz de ver reflejada en el espejo, se había sentido como si aquel encuentro significara más de lo que esperaba.

Se sentía como si Marco no fuera tan sólo el medio para llegar a un fin. Casi sentía que era el hombre que podría lograr enamorarla…

Y el amor por las mujeres Festa no era algo bueno.

—¿Virginia?

Virginia agitó la cabeza para despejarse. Miró a la luna e hizo acopio de la fuerza que necesitaba para olvidar las posibles consecuencias de sus actos. Por aquella noche, lo único que quería era disfrutar del momento con aquel hombre.

–No me voy –dijo.

Marco sonrió sin decir nada, y Virginia comprendió en aquel momento lo que era la verdadera belleza masculina.

–¿Vamos a quedarnos aquí esperando a que amanezca? –añadió.

–Claro que no. He pensado que podíamos relajarnos en el jacuzzi mientras disfrutamos del champán y del resto de la velada.

Virginia sintió un cálido estremecimiento mientras escuchaba el ronroneo del agua en el jacuzzi que se hallaba al final del balcón.

–Creo que me gustaría.

–Hay un pequeño vestuario con montones de albornoces –la profunda voz de Marco reverberó en la noche mientras señalaba una pequeña construcción que había junto al jacuzzi.

Habiendo pasado gran parte de su vida adulta esperando aquel momento, Virginia supo que había llegado el momento de actuar. Pero la acción siempre le había asustado. Su abuela se enamoró de Lorenzo Moretti y aquel simple hecho arruinó por completo la vida de Cassia.

–¿Sabes algo sobre las estrellas? –preguntó Marco, que tal vez había captado su inquietud.

–¿Qué?

–Las historias sobre las diferentes estrellas y por qué las constelaciones llenan el cielo.

Marco tomó a Virginia de la mano y la condujo hasta un sillón en el que se sentaron. Luego pasó un brazo por sus hombros y la atrajo hacia sí de manera que apoyara la cabeza sobre él.

Virginia lo miró y supo con certeza que había captado sus nervios. Y se preguntó si aquél sería un mensaje del universo para que renunciara a su plan. ¿Habría pasado por alto algún posible efecto colateral cuando decidió romper la maldición de sus familias quedándose embarazada de Marco?

–El cielo es distinto aquí –dijo él–. En el hemisferio norte, donde ambos vivimos, nunca se ve la Cruz del Sur.

–Ya había oído algo sobre eso. ¿Dónde está la Cruz del Sur?

Marco señaló un lugar en el cielo.

–Ahí está… ¿la ves?

Virginia siguió con la mirada la dirección de su brazo y vio cuatro estrellas en forma de una pequeña cruz.

–¿Tiene una leyenda, como Orión y Sirius?

–No. Debido a que sólo se ve desde el hemisferio sur, no hay leyendas griegas ni romanas asociadas a ella.

Virginia señaló otra constelación.

–¿Cuál es aquélla?

–Leo. Los sacerdotes egipcios solían predecir cuando iba a subir el Nilo basándose en su posición en el cielo.

Marco habló sobre otras constelaciones y Virginia empezó a ver al hombre que había tras el famoso corredor de Fórmula 1. Estaba acostumbrado a moverse en un mundo de privilegios y riqueza, pero aquella noche sólo era un hombre.

–¿Cómo llegaste a interesarte en las estrellas?

–Por mi padre. No le interesan los coches ni las carreras… al menos como deberían interesarle a un Moretti –Marco se volvió hacia Virginia–. Pero le encantan las leyendas y el pasado. Se ha pasado la vida leyendo sobre ello.

–¿Dónde están tus padres ahora?

–En San Giuliano Milanese. Ahí está el hogar familiar.

–¿Mantienes una relación cercana con tus padres?

–En cierto modo. Siempre he compartido el amor de mi padre por el cielo nocturno. Cuando era pequeño solíamos pasar mucho rato fuera mirando por el telescopio.

Como hija única, Virginia había pasado mucho tiempo a solas con su madre, que solía estar triste casi todo el tiempo.

–¿Por qué no le gustaban los coches a tu padre?

Virginia había oído rumores de que Giovanni Moretti era demasiado desenfadado como para dirigir una gran empresa de automóviles, que no le interesaban los negocios y que lo único que le apasionaba era hacer el amor a su esposa.

–Le gustaban, pero mi madre le gustaba más. De manera que los negocios no le atraían demasiado.

–Pero a ti sí.

–Esta noche puedo comprender por qué se distraía tanto mi padre.

Virginia creyó captar un destello de sorpresa en la mirada de Marco cuando dijo aquello, pero se recuperó rápidamente y se inclinó para besarla. El beso fue suave y delicado, más seductor que apasionado.

Marco deslizó una mano por el lateral de su cuerpo en busca de la cremallera del vestido. En lugar de soltarla, se limitó a deslizar un dedo por la costura.

Deslizó los labios a lo largo de la mandíbula de Virginia, donde dejó un rastro de besos hasta alcanzar su cuello. Ella se movió instintivamente entre sus brazos en un intento por entrar en pleno contacto con su cuerpo.

Sentía los pechos tensos y sensibilizados y se le puso la carne de gallina mientras Marco seguía acariciándola. Quería más.

Marco siempre había tenido un don especial para seducir a las mujeres. Dom decía que se debía a que era italiano, pero él pensaba que era más que eso. Nunca había sido insensible en sus seducciones, y nunca seguía adelante cuando era consciente de que la mujer con la que estaba iba a lamentar haber hecho el amor con él cuando se despertara por la mañana.

Pero no podía alejarse de Virginia. Estaba sorprendido por la intensa necesidad que experimentaba de estar con ella. Pero si se centraba en lo físico, sus emociones se desvanecerían y, con el tiempo, Virginia no sería más que un apasionado recuerdo.

La intensa oscuridad de su pelo contrastaba con la cremosa cualidad de su piel. Bajó la cremallera del lateral de su vestido, introdujo la mano bajo la tela y la acarició.

Virginia contuvo el aliento y se volvió para situarse frente a él. Marco tomó sus manos y le hizo elevarlas hasta el primer botón de su camisa.

Mientras miraba sus ojos color chocolate, Marco vio que la timidez que formaba parte de su forma de ser se esfumaba mientras le acariciaba el pecho.

La sangre corrió ardiente por sus venas cuando Virginia empezó a desabrocharle los botones de la camisa. Cuando concluyó, apartó los laterales y él terminó de quitársela.

Un ronco gemido escapó de su garganta cuando ella se inclinó para besarle el pecho. Sus labios no se mostraron precisamente tímidos mientras exploraban su torso y le mordisqueaba los pectorales.

Mientras la observaba, Marco sintió una creciente e incómoda tensión en sus calzones. Virginia sacó la lengua y le acarició un pezón. Marco apoyó una mano en su nuca para que siguiera donde estaba.

—¿Qué te pasó? —preguntó ella a la vez que deslizaba un dedo por la cicatriz que adornaba el pectoral izquierdo de Marco.

—Cuando tenía ocho años, Tony me empujó de un árbol al que solíamos subirnos y aterricé sobre una azada que el jardinero había dejado tirada en el suelo.

—¿Te dolió? —preguntó Virginia a la vez que se inclinaba hacia él.

Marco la tomó en brazos y le hizo sentarse a horcajadas sobre él antes de besarla en los labios.

–Sí. Me dolió bastante.

–Lo siento –Virginia se inclinó, y deslizó la lengua por la cicatriz–. Yo también tengo una cicatriz.

–¿Dónde?

Virginia se ruborizó y luego sacó el brazo derecho de la manga del vestido. El corpiño se aflojó y la otra manga se deslizó por el otro brazo hasta que el vestido se amontonó en su cintura. Llevaba un sujetador sin tirantes de color carne. Marco podía ver sus pechos, pero cuando alzó una mano para tocarlos palpó la tela del sujetador, no la dulzura de su carne.

–La cicatriz no está en mis pechos –dijo Virginia con una risita.

–¿No?

–No. Está aquí.

Virginia señaló su costado izquierdo, a unos centímetros bajo su pecho. Era una cicatriz alargada, de unos cinco centímetros, y se había ido desvaneciendo con el paso del tiempo.

–¿Cómo te la hiciste? –preguntó Marco mientras deslizaba un dedo por ella.

Virginia se estremeció entre sus brazos y se balanceó sobre él. Al hacerlo sintió el roce y la presión de la evidente erección de Marco contra el centro de su deseo.

–Tratando de entrar en casa por la ventana. Mi madre se había dejado las llaves dentro.

–Lo siento –dijo Marco a la vez que alzaba las caderas para que Virginia inclinara el torso hacia él. Buscó la cicatriz con sus labios y deslizó las manos por su espalda desnuda.

Virginia apoyó una mano en su abdomen y la fue deslizando lentamente hacia abajo. Marco sintió que su erección palpitaba y supo que iba a perder el control si no se tomaba las cosas con calma.

Pero una parte de él quería relajarse y permitir que Virginia hiciera lo que quisiera con él. Cuando ella alcanzó con la mano el borde de sus calzoncillos, se detuvo un momento para mirarlo al rostro y luego la deslizó a lo largo de su miembro. Marco le quitó el sujetador y luego la alzó para que sus pezones le rozaran el pecho.

–Humm… qué agradable –murmuró Virginia.

–¿Te gusta?

–Sí.

Marco estaba tan excitado que necesitaba estar cuanto antes dentro de su cuerpo. Pero antes tenía que ocuparse de un detalle.

–Odio preguntarte esto, *cara mia*, pero ¿estás tomando la pastilla?

Virginia se apartó un momento.

–Yo… sí.

–¿Estás tomando la píldora?

Virginia asintió.

–Y no tengo nada más que deba preocuparte. ¿Y tú?

–Estoy limpio.

–Bien.

Marco la atrajo hacia sí y la besó hasta que sintió que se relajaba. Luego, impaciente con la tela de su vestido, lo alzó hasta su cintura. Acarició sus cremosos muslos. Era tan suave…

Virginia suspiró cuando Marco introdujo una mano entre sus muslos, y gimió cuando deslizó los dedos por el centro de sus braguitas.

El encaje estaba caliente y húmedo. Marco deslizó un dedo bajo la tela y la miró a los ojos, momentáneamente indeciso.

Virginia se mordió el labio inferior y él sintió que movía las caderas para que la tocara donde lo necesitaba.

Marco apartó la tela de sus braguitas a un lado y deslizó un dedo por la abertura de su cuerpo. Estaba lista para él. Lo único que le hizo contener su propio deseo fue que quería hacerle alcanzar el orgasmo al menos una vez antes de penetrarla.

Virginia movió la caderas sinuosamente y Marco penetró su húmeda abertura con la punta de un dedo.

–Marco… –murmuró ella, sin aliento.

–¿Sí, *mi'angela*?

–Necesito más…

–¿Así está mejor? –preguntó él a la vez que le introducía el dedo hasta el fondo.

–Sí… –Virginia subió y bajó las caderas contra su dedo hasta que necesitó más–. Marco, por favor…

Marco retiró el dedo y lo deslizó en torno al centro del deseo de Virginia, que se movió frenética contra él. Se inclinó y sus pechos rozaron las mejillas de Marco a la vez que se agarraba al respaldo del sofá.

Él volvió el rostro y tomó un pezón en su boca a la vez que introducía dos dedos en el cuerpo de

Virginia. Mantuvo el pulgar en su centro y trabajó con sus dedos hasta que ella echó la cabeza atrás y pronunció repetidas veces su nombre.

Marco sintió cómo se tensaba en torno a sus dedos. Virginia siguió moviéndose unos segundos y finalmente se desmoronó sobre él.

Marco le hizo inclinar la cabeza hacia la suya para saborear su boca. Se dijo que debía tomárselo con calma, que Virginia no estaba acostumbrada a él. Pero perdió el control en cuanto rozó sus labios.

La besó y la sostuvo a su merced, acariciándole la espalda y deslizando las uñas por su columna hasta alcanzar la curva de sus glúteos.

Virginia cerró los ojos y contuvo el aliento cuando Marco alzó la mano para tomar un pezón entre sus dedos. La dulzura de sus gemidos estuvo a punto de hacer perder el control a Marco, que bajó la cremallera de sus pantalones para liberar su erección. Virginia dio un gritito cuando él frotó la punta contra su húmedo centro.

Introdujo la mano entre ellos y se irguió para introducir la punta en su cuerpo.

Marco la sostuvo con una mano en la espalda. Deseaba a Virginia más de lo que había deseado a ninguna otra mujer en mucho tiempo. Le estaba costando verdaderos esfuerzos mantener el control. Pero no podía permitir que aquello llegara a ser algo más que un apasionado encuentro.

Aquello sólo tenía que ver con el sexo. Era una aventura de una noche.

Virginia movió las caderas, tratando de que la penetrara más profundamente, y él supo que había llegado el momento de la verdad.

–¿Marco?

–¿Humm?

–¿Vas a tomarme?

–¿Quieres más?

Virginia se inclinó y le mordisqueó el labio inferior.

–Sabes que sí.

–Ruégame que te tome, *mi'angela bella.*

–Tómame, Marco. Hazme tuya…

Marco quería hacerla suya. Allí, con la Cruz del Sur brillando en el cielo, estaba lejos de Italia y de la maldición que había perseguido a los hombres Moretti durante demasiado tiempo.

Iba a hacer suya a Virginia… aunque sólo fuera por una noche.

Alzó las caderas para introducirse más profundamente en la dulzura de su cuerpo. Cuando sopló sobre sus pezones vio que se le ponía la carne de gallina. Le encantaba cómo reaccionaba a las caricias de su boca. Succionó la piel de la base de su cuello mientras la penetraba hasta el fondo. Sabía que le estaba dejando una marca con su boca, y eso le agradaba. Quería que cuando estuviera sola recordara aquel momento y lo que habían hecho.

Siguió jugueteando con sus pezones hasta que Virginia entrelazó las manos en su pelo y empezó a subir y bajar las caderas cada vez con más fuerza.

–Llega conmigo –susurró él en italiano.

Virginia asintió y Marco pensó que entendía su lengua. Sus ojos parecían agrandarse con cada penetración. Marco notó que empezaba a tensarse en torno a su miembro y que cada vez movía las caderas con más rapidez.

—Agárrate a mí con fuerza —dijo.

Virginia hizo lo que le decía y Marco giró hasta que la tuvo debajo suyo. Le hizo doblar las rodillas contra el cuerpo para poder penetrarla más profundamente, para que estuviera abierta y vulnerable a él.

—Ahora, Virginia —murmuró.

Ella asintió y Marco notó que su cuerpo se tensaba. Virginia apoyó las manos en sus glúteos y lo atrajo hacia sí. Él sintió el rugido de la sangre en sus oídos y todo su mundo se centró en aquella única mujer.

Repitió su nombre una y otra vez mientras alcanzaba el clímax de su deseo. Vio que los ojos de Virginia parecían crecer aún más y sintió cómo se contraía en torno a él mientras alcanzaba su orgasmo.

Marco rotó las caderas contra ella hasta que Virginia dejó de moverse. Luego lo rodeó con los brazos por los hombros y lo besó en la barbilla.

—Oh, Marco. Gracias por hacerme el amor.

—De nada, Virginia.

—Jamás pensé que sería así.

—¿Así cómo?

—Tan increíble. Estar contigo es… no tenía idea de que sería una experiencia tan intensa.

Marco rió.

–Eso se debe a que nunca habías hecho el amor antes conmigo.

Virginia echó la cabeza atrás y Marco captó una vulnerabilidad en sus ojos que no comprendió.

–Creo que tienes razón.

Marco se estiró y giró en la cama mientras la luz del sol inundaba el suelo de su dormitorio. La almohada que estaba junto a él aún estaba arrugada, y las sábanas olían a sexo y al delicado perfume de Virginia.

–*Cara mia?*

No hubo respuesta mientras se levantaba y se estiraba. Había un vaso de zumo en su mesilla. Marco sonrió mientras lo tomaba. Tal vez Virginia estaba preparando el desayuno.

Caminó lentamente por el ático. Ante él se extendía todo Melbourne, y pensó por un momento en su vida y en el hecho de que parecía tenerlo todo. Pensó también en la maldición que perseguía a su familia. Nunca le había dado demasiada importancia; había preferido creer que controlaba su destino, pero Dom había amado y había sufrido a causa de ello, de manera que tal vez había algo en la maldición de los Moretti.

Se pasó la mano por el rostro. ¿Por qué estaba pensando en la maldición aquella mañana?

No quería admitirlo porque Virginia le gustaba. Sentía la tentación de retrasar sus planes de viaje. Podía quedarse en Melbourne con ella hasta que no le quedara más remedio que irse.

Y, precisamente por eso, lo más prudente sería que Virginia se fuera. La encontraría, comería lo que hubiera preparado para él y luego se despediría de ella.

—¿Virginia?

Al no encontrarla en la cocina pensó que tal vez estaba en el balcón. Se detuvo en su despacho al notar que algunos papeles del escritorio estaban desordenados, como si alguien les hubiera estado echando un vistazo. Consciente de lo importante que era preservar los secretos de Moretti Motors, empezó a sentirse preocupado.

¿Habría acudido Virginia a su apartamento para averiguar lo que estaba haciendo Moretti Motors?

Lo más probable era que estuviera volviéndose paranoico, como Dom. Virginia no le había hecho una sola pregunta sobre la empresa, y en ningún momento se había mostrado interesada por el tema.

Al comprobar que el balcón también estaba vacío, comprendió que Virginia se había ido. Apretó los puños, enfadado por el hecho de que se hubiera marchado sin darle la oportunidad de... en realidad era algo que no se esperaba. Había planeado cambiar todo su día por ella... pero se había ido.

Capítulo Cuatro

La carrera en Barcelona no fue distinta a las dos anteriores para Marco. Dio conferencias de prensa, atendió sus responsabilidades en Moretti Motors y, desde el punto de vista de su compañero de equipo Keke y sus hermanos, era el mismo conductor ambicioso de siempre.

Pero por dentro hervía. Al principio, cuando descubrió que estaba solo en Melbourne, se preocupó por Virginia, por la posibilidad de que se hubiera sentido abrumada después de la apasionada noche que habían compartido. Pero con el paso de los días había comprendido que Virginia había buscado voluntariamente compartir aquella única noche con él.

También había comprendido que no quería que la buscara, algo que no habría supuesto mayor problema. Marco era consciente de que si se hubiera quedado aquella mañana en su apartamento la habría despedido cuanto antes para seguir adelante con su vida. No buscaba asentarse. Había hecho una promesa a sus hermanos que no pensaba romper, y no tenía tiempo en su vida para complicaciones románticas.

De manera que, ¿por qué seguía enfadándose cuando pensaba en cómo lo había dejado Virginia?

–¿Marco?

–¿Sí?

–Tenemos que reunirnos con los oficiales en unos minutos… ¿estás bien? –preguntó Keke.

–Sí. Sólo estaba repasando la carrera en mi cabeza.

–¿Estás libre para salir esta noche? La familia de Elena está en la ciudad y vamos a salir con ellos.

La relación de Keke con Elena se estaba volviendo más y más seria con el paso de los meses, y Marco apreciaba que su amigo lo incluyera en sus planes, pero empezaba a sentir que sobraba.

–Mis padres van a venir a ver la carrera y voy a pasar la tarde con ellos.

–También puedes invitarlos.

–¿Qué pasa? ¿No quieres estar a solas con los padres de Elena?

Keke se puso colorado.

–No es eso. Voy a pedirle que se case conmigo y me gustaría que estuvieras presente. Ya sabes que no tengo una auténtica familia…

Marco comprendía a su amigo.

–Será un honor acompañarte. De hecho, Dom ha reservado un restaurante entero para que podamos estar tranquilos. ¿Te gustaría utilizarlo para tu plan?

–He hecho reservas en el Stella Luna –dijo Keke.

–En ese caso, nos reuniremos allí contigo. ¿A qué hora?

–A las nueve.

Marco miró a German y se preguntó qué supondría aquello para su amistad. Sabía que, por mucho que quisiera mantener sus relaciones intactas, la vida de un hombre cambiaba cuando se casaba.

–Felicidades, *amico mio*.

–Gracias. ¿Querrás ser nuestro padrino si Elena acepta casarse conmigo?

–Aceptará, y yo acepto ser vuestro padrino.

Keke se fue unos minutos después y Marco llamó a sus padres y hermanos para trasladarles la invitación de su amigo.

Luego permaneció un rato pensativo, como sucedía siempre que salía el tema del matrimonio. El plan que habían tramado sus hermanos y él cuando eran jóvenes implicaba que probablemente ninguno se casaría por amor. Y envidiaba a su amigo aquella relación.

Al salir del garaje se encontró con un grupo de fans que querían autógrafos. Se detuvo, sonrió mientras le hacían fotos y firmó sombreros y camisetas. Mientras lo hacía no dejó de buscar entre la multitud el rostro de Virginia. Era tonto por seguir buscándola. Se había ido. Y él necesitaba dejar atrás de una vez por todas la noche que habían compartido en Melbourne.

Pero no podía. Era ella la que se había ido. En parte, Marco reconocía que era su orgullo herido lo que lo impulsaba a seguir buscándola. Pero, sobre todo, quería verla por motivos sexuales. Quería tomarla y esclavizarla con la pasión que latía entre ellos. Atarla a él y, cuando fuera realmente suya, dejarla para que pasara por lo que él estaba pasando.

Era una suerte que aquello no hubiera afectado a su conducción, pero a aquellas alturas de su carrera ya sabía cómo aislarse de todo excepto de la carrera cuando se sentaba tras el volante.

—Espera, Marco.

Marco se volvió y vio que su hermano Dom se acercaba a él.

—¿Qué sucede?

—He recibido tu mensaje para lo de esta noche y trataré de ir, pero es posible que no pueda.

—¿Por qué?

—Creo que tenemos un espía en nuestra empresa. Es posible que tenga que regresar a Milán para ocuparme del asunto.

Marco entrecerró los ojos. Recordó los papeles revueltos de su escritorio.

—¿Y por qué crees eso?

—Me he encontrado con Dirk Buchard en el vestíbulo del hotel y me ha mencionado que corren rumores sobre un nuevo diseño de ESP.

La empresa ESP fue fundada por el archirrival de Nonno, pero en la época de éste quedó totalmente eclipsada por Moretti Motors. Una de las virtudes de Lorenzo era que tenía el toque del rey Midas en lo referente a los negocios.

—¿Y qué sucede con ese nuevo diseño?

—Puede que esté paranoico...

Marcó resopló. Su hermano era un experto paranoico en todo lo referente a proteger el negocio.

—¿Puede?

Dom hizo caso omiso de su irónica pregunta.

–Mencionó algo que está en el nuevo modelo Valerio, y se supone que, excepto Antonio, tú, yo y el equipo R&D, nadie lo ha visto.

–No tienes por qué quedarte para la carrera si quieres investigar el asunto –dijo Marco.

–Pero quiero quedarme. Creo que corres mejor cuando Tony y yo estamos aquí.

–Estoy de cuerdo. Me gusta recordaros que soy más rápido de lo que jamás podríais soñar ser vosotros.

Dom le dio un amistoso puñetazo en el hombro.

–La velocidad no es lo único que cuenta.

–En nuestro mundo, sí.

–Es cierto. Y hablando de velocidad, ¿te ha llegado el correo que te envié sobre la nueva campaña de marketing?

–Sí. Me gusta. Creo que será justo lo que necesitamos para lanzar el nuevo Valerio.

Marco permaneció un momento pensativo.

–¿Es posible que alguien haya podido deducir lo que estamos haciendo a base de estudiar los coches? A fin de cuentas, esta temporada estoy utilizando una tecnología similar en mi coche de carreras.

–Me enteraré de algo más cuando vuelva a la oficina de Milán.

Marcó miró a su hermano y pensó en lo duro que habían tenido que trabajar todos para distanciarse del fiasco que fue Moretti Motors bajo el control de su padre. En momentos como aquél sentía que, hicieran lo que hiciesen, siempre iban a tener que estar luchando.

Los únicos momentos en que no se sentía así era cuando estaba compitiendo... o cuando había dormido con Virginia. Aquella noche se dio cuenta de que podía encontrar la paz en los brazos de una mujer.

Virginia aterrizó en Barcelona el sábado por la mañana. Le había bajado el periodo la semana anterior y así había tenido una excusa perfecta para volver con Marco. Era evidente que la única noche de pasión que habían compartido no había dado sus frutos. Se había sentido feliz porque había echado de menos a Marco... pero sabía que aquello podía suponer un problema. ¿Y si sus acciones hacían que se perpetuase la maldición para ambas familias?

Lo cierto era que le daba igual. No había dejado de soñar con Marco desde la noche que habían estado juntos.

Y no sólo había soñado que hacían el amor.

Había tenido visiones muy intensas de Marco y de sí misma con niños danzando a su alrededor.

Tras recoger el equipaje, fue a por el coche que había alquilado y condujo hacia el hotel. Si aún viviera su abuela, le habría hecho muchas preguntas sobre la maldición que hizo caer sobre Lorenzo, pero no tenía a nadie.

No había podido evitar cierto sentimiento de tristeza al comprobar que no estaba embarazada. Por primera vez entendía claramente por qué se había sentido tan feliz su madre al tenerla. Un hijo suponía el final de la soledad que parecía perseguir a cada generación de mujeres Festa.

Y ella tenía intención de acabar son esa soledad.

—Bienvenida a Barcelona —dijo el portero del hotel Duquesa de Cardona, que se hallaba en el Barrio Gótico de Barcelona.

Virginia le dedicó una sonrisa antes de entrar en el vestíbulo. Era raro estar viajando tanto pero, al mismo tiempo, se sentía como si por fin estuviera viviendo de verdad.

Todos aquellos solitarios años en Long Island, acudiendo al colegio y al instituto, y luego enseñando... Había sido una vida muy rutinaria; pero ahora tenía una misión. Algo con que llenar sus días. Por primera vez se sentía realmente viva.

No sabía cómo ponerse en contacto con Marco, y no iba a quedarle más remedio que pasar el día sola hasta la carrera del día siguiente. Ni siquiera estaba segura de que fuera a lograr acercarse lo suficiente a él, y no tenía idea de qué iba a decirle si lo lograba. Pensó en la posibilidad de quedarse en su dormitorio, pero no le gustó la idea de quedarse encerrado esperando a que llegara el domingo.

Sabía que el cambio que buscaba en su vida no se limitaba a romper la maldición. Necesitaba encontrar el modo de llegar a ser la mujer que siempre había soñado ser. Si iba a ser madre, no quería serlo como lo fue la suya, aquella solitaria figura que raramente sonreía y casi nunca salía de su pequeña casa.

Ella quería salir al mundo y experimentar la vida.

Fue al circuito de Fórmula 1 a ver las sesiones de entrenamiento, aunque se aseguró de que Marco no la viera, a pesar de que se acercó todo lo posible a él.

Parecía más delgado que en Melbourne, pero no dejó de sonreír y firmar autógrafos a sus admiradores. Virginia empezó a aproximarse, pero no logró abrirse paso. Un momento después, Marco se despidió de la gente con la mano y se alejó.

Virginia los observó hasta que desapareció en la zona de boxes y luego se fue. Durante el año en que había fraguado su plan para acercarse a Marco había consultado mucho en Internet todo lo referente a la Fórmula 1 y había entablado amistad con mucha gente relacionada con su mundillo. Gracias a aquellos contactos había logrado acudir a las exclusivas fiestas que se celebraban después de las carreras.

Tomó un taxi y pidió que la llevara al museo Picasso. La idea de volver sola al hotel no le atraía. Recorrió el museo y se detuvo ante un cuadro de Picasso titulado *El abrazo*, que el artista había pintado en mil novecientos. Mientras lo contemplaba, Virginia pensó en lo poco que habían cambiado las parejas desde entonces. Nada era más reconfortante y relajante que un abrazo.

—Es precioso, ¿verdad?

Virginia se volvió hacia la mujer que había hablado. Era alta, delgada y muy guapa.

—Sí.

–Me encanta lo que pintó Picasso antes del periodo abstracto.

–A mí también. En sus primeros trabajos me recuerda un poco a Pissarro.

–No conozco bien a Pissarro. Sólo a Picasso. ¿Has venido a la ciudad por la carrera?

–Sí. ¿Cómo lo sabes?

–Te vi en la fiesta en Melbourne. Mi novio es Keke Heckler.

–¿El compañero de equipo de Marco Moretti?

Virginia no sabía si Marco habría mencionado a la novia de Keke la noche que pasaron juntos. Esperaba que no. No quería que nadie se enterara de lo que había pasado entre ellos, sobre todo porque no sabía cómo se había sentido Marco a la mañana siguiente.

Se fue cuando aún estaba dormido, temiendo olvidar sus planes si permanecía entre sus brazos. Sospechaba que su madre hizo algo parecido con su padre.

–Sí, el compañero de Marco –contestó la novia de Keke–. No nos conocimos en la fiesta, pero te vi bailando con Marco. Me llamo Elena Hamilton.

–Yo soy Virginia.

–Tengo una confesión que hacerte –dijo Elena–. Te he seguido hasta aquí porque sentía curiosidad por ti.

Virginia se tensó al escuchar aquello.

–¿Por qué?

–Porque Marco ha estado preguntando por ti a todo el mundo para tratar de averiguar adónde habías ido. Keke dice que nunca lo ha visto tan enfadado cuando cree que nadie lo está mirando.

—No sé qué decir.

—Marco es como un hermano para Keke. Yo también he llegado a conocerlo bastante bien. Significa mucho para mí, y no me gustaría enterarme de que está siendo utilizado por alguien.

A Virginia le alegró saber que Marco tenía buenos amigos que cuidaban de él.

—Yo no lo estoy utilizando.

Elena le lanzó una severa mirada.

—No te creo. No olvides que te estaré observando.

Virginia asintió mientras la otra mujer se alejaba. Tal vez iba a ser más complicado de lo que esperaba pasar una segunda noche con Marco.

Marco terminó el Gran Premio de Cataluña en segundo lugar, pero no le importó no ganar aquella semana. Keke había estado imparable en la pista. Su amigo y compañero estaba teniendo una racha de buena suerte desde que se había comprometido con Elena.

Sonrió con todos los demás. Dominic estaba contento, porque aquella nueva victoria de Moretti Motors los mantenía por delante de Ferrari y Audi, que era lo único que realmente le importaba.

Se frotó el cuello, consciente de que no se sentía tan feliz como debiera. Necesitaba alejarse de Keke y del resto de la multitud.

Estaba a punto de irse cuando vio el familiar pelo castaño que había estado buscando durante cada carrera que había tenido lugar desde la de Melbourne. Virginia.

Estaba allí. Y él pensaba obtener algunas respuestas sobre dónde había estado y quién era realmente.

Los aficionados lo rodearon mientras se encaminaba hacia ella. No tenía tiempo para sonrisas ni fotos, pero hizo un esfuerzo por mostrarse cordial. Su popularidad era una de las principales bazas para Moretti Motors. Hizo una seña a Carlos, su guardia de seguridad.

—No dejes que esa mujer se vaya —dijo a la vez que señalaba a Virginia.

—Sí, señor —contestó Carlos, que se acercó de inmediato a ella.

Virginia lo miró arqueando una ceja y el vigilante dedujo que no le hacía gracia la idea. Pero le dio igual.

Marco se tomó su tiempo para flirtear con las admiradoras que siempre lo estaban esperando. Les gustaba posar con él y que les tomaran fotos. Aquel día no dijo «no» a ninguna.

¿Por qué habría vuelto Virginia?, se preguntó cuando finalmente se quedó solo. Hizo una seña a Carlos para que acudiera con ella. No parecía especialmente contenta, pero le daba igual. Pensaba arrinconarla y hacerle saber quién controlaba la situación.

Cuando la tuvo a su alcance, la tomó por la muñeca y la atrajo hacia sí. Virginia dejó escapar un pequeño gritito cuando sus cuerpos entraron en contacto.

—Hola, Marco.

—*Bongiorno*, Virginia.

—Hoy has corrido muy bien.

Estaba nerviosa, algo que agradó a Marco. Más le valía estar recelosa de él. Jamás le haría daño, pero estaba enfadado con ella y quería que lo supiera.

La tomó por la barbilla y le hizo echar la cabeza atrás con delicadeza.

–Quiero respuestas.

–Te las daré –dijo Virginia mientras Marco inclinaba la cabeza hacia ella para besarla.

No fue una seducción especialmente delicada. Marco pretendía recordarle que no era un hombre con el que se pudiera jugar. Que su pasión, y ella, le pertenecían.

Le hizo entreabrir los labios y la invadió profundamente con su lengua. Virginia se aferró a sus hombros con fuerza.

Al oír que gemía, Marco suavizó su abrazo y apartó los labios de ella.

–Ven conmigo –pasó un brazo por su cintura y la estrechó contra su costado. La pista de carreras no era un buen lugar para aquella clase de encuentro.

Virginia asintió sin decir nada y Marco la condujo hasta la casa móvil que utilizaba como vestuario y para relajarse en las carreras.

Tenía un millón de preguntas que hacerle, pero sobre todo deseaba hacerla suya. Necesitaba dejar establecido su dominio sobre ella. Virginia lo había dejado y, aunque era cierto que las aventuras de una sola noche no eran algo extraordinario para él, siempre solía ser él quien se iba.

–¿Por qué te fuiste como lo hiciste?

Virginia se cruzó de brazos.

–No… no quería quedarme esperando a que me dijeras que me fuera.

–¿Y por qué crees que habría hecho eso?

–Sé la clase de hombre que eres, Marco.

–¿Qué clase de hombre soy? –preguntó él con curiosidad.

–Tienes reputación de vivir deprisa, tanto en el circuito como fuera de él. Y sabía, al igual que sé ahora, que una sencilla chica de Long Island tenía pocas posibilidades de retenerte mucho tiempo.

Había bastante verdad en las palabras de Virginia, pero Marco sospechaba que aquél no era el único motivo por el que se había ido. De hecho, cuanto más pensaba en ello, más convencido estaba de que allí había gato encerrado.

–Nunca he hecho huir a una mujer de mi cama.

Virginia suspiró.

–No fue por ti. Fue por mí. Temí no ser capaz de irme con dignidad si estabas despierto, así que me escabullí mientras dormías.

–¿Por qué has vuelto?

–He vuelto porque te echaba de menos, Marco. Y porque no he podido parar de pensar en ti.

Marco no lo admitió, pero él también la había echado de menos.

–Bien.

–¿Bien?

–Sí. Tengo que ducharme y cambiarme. Luego podemos ir a comer algo.

Marco se alejó antes de que Virginia pudiera contestar. Por fin la había recuperado y estaba decidido a no permitir que volviera a dejarlo.

Capítulo Cinco

La actitud de Marco hizo que Virginia no tuviera más remedio que seguirle la corriente. Tras ducharse y cambiarse salió oliendo maravillosamente a masculino, y ella se sintió como una colegiala enamorada de un chico. Aunque no había nada juvenil en Marco. Era todo un hombre.

Un hombre empeñado en establecer las reglas de su... relación, aunque aquélla no parecía la palabra más adecuada para describir lo que había entre ellos. Pero era obvio que quería dejarle claro que él estaba a cargo.

En Melbourne la cortejó, pero ahora parecía que simplemente estaba a cargo. Y mientras circulaban por Barcelona, Virginia admitió para sí que en el fondo le gustaba que se mostrara tan enérgico al respecto.

–¿En qué estás pensando? –preguntó Marco.

Virginia pensó en algo que decir y recordó el cuadro de Picasso que había visto en el museo, cuando Elena la había arrinconado.

–En un cuadro que he visto antes en el museo Picasso.

–¿Cuál?

–*El abrazo.* ¿Lo conoces?

–Sí. Mi madre es profesora de Historia del Arte.

—¿En serio? ¿Creciste rodeado de arte?

Marco se encogió de hombros.

—En realidad no. Mamá trató de interesarnos por el arte, pero nos atraían más los coches y las máquinas.

—¿A todos tus hermanos?

—Sí. Y a mi padre.

—¿Cómo se conocieron tus padres? —Virginia había oído rumores de que el amor de Giovanni y Philomena casi supuso la destrucción de Moretti Motors.

—Mi madre fue contratada para comprar cuadros y esculturas para el vestíbulo de nuestro edificio. En cuanto la vio, mi padre se olvidó por completo de los coches y las carreras.

—¿Él también conducía?

—No. Corrió una carrera de veinticuatro horas con sus primos cuando tenía veinte años, pero no le picó el gusanillo.

—¿Qué es una carrera de veinticuatro horas?

—Una carrera de resistencia que implica un equipo de al menos tres corredores que se turnan cada tres horas.

—¿Es divertido?

Marco sonrió.

—No. Es más que divertido. Es estimulante… aunque también agotador. No hay nada mejor.

—¿Se conduce por las ciudades, o en un circuito?

—Normalmente en circuitos. Mis hermanos y yo participamos casi todos los años en una.

Virginia asintió. Aquél era el mundo de Marco.

Se preguntó si el hijo que iban a tener se parecería a él. ¿Le atraería tanto la velocidad como a su padre? ¿Y qué supondría para él criarse tan alejado del mundo de las carreras?

Por primera vez comprendió que, aunque con su plan pretendía resolver los problemas de aquella generación, no había forma de saber cuál iba a ser el resultado de su solución.

—Me gusta sobre todo la carrera de Le Mans. También hemos participado en carreras benéficas, donde competimos contra otras marcas.

—¿Y en qué se diferencian esas carreras de las que corres cada semana? ¿Son más amistosas?

—En realidad no. Pero se consigue dinero para la beneficencia. Una regla de algunas carreras de beneficencia exige que uno de los conductores sea mujer.

—¿Y a quién utilizáis?

—A nadie. No hemos participado en ésas… mi familia está maldita.

—¿Maldita? —Virginia se preguntó cuánto iba a contarle Marco sobre la maldición y si debía simular que no sabía de qué estaba hablando.

—Es algo italiano. Nuestra maldición implica a las mujeres.

—¿Estar con mujeres? —preguntó Virginia.

—No estar con ellas, pero sí tener una relación seria. Te voy a contar la verdad: Dom siempre ha temido que Tony o yo nos enamoremos de una mujer porque entonces sería cuando entraría en acción el maleficio. Por eso no hemos corrido nunca en las carreras que exigen la participación de una mujer. Creo que teme que, si conozco a una mujer a la que le guste correr tanto como a mí, me enamore de ella.

A Virginia no le gustó la idea de que Marco no fuera a enamorarse… aunque aquello no debería preocuparle, porque ella no iba tras su corazón, sino tras su hijo.

—Pareces haber tenido mucho éxito como para estar maldito.

Marco dejó el coche en el aparcamiento en que habían entrado, pero no apagó el motor ni hizo intención de salir del coche.

—No es una maldición de ese tipo.

—¿Qué clase de maldición es?

—Como he dicho, implica a las mujeres.

—Desde mi punto de vista, no parece que te vaya muy mal con las mujeres.

—Es cierto. Pero nunca me enamoro de ellas.

—¿Y quieres enamorarte? —Virginia se preguntó si Marco se sentiría solo, como le sucedía a ella a veces. Daba igual lo plena que fuera su vida. Debido a la maldición de su abuela, Marco sólo podía ser afortunado en los negocios o en el amor. No en ambas cosas. Y ya que había elegido los negocios, su vida tenía que ser irremediablemente solitaria.

—No —dijo él con una sonrisa—. Aún soy joven y tengo toda la vida por delante.

—Desde luego. ¿Y las carreras? ¿Vas a retirarte?

—Aún seguiré unos años —Marco apagó el motor del coche y se volvió hacia Virginia.

Su olor a loción para el afeitado mezclado con

el del cuero de los asientos del coche abrumó a Virginia, que era muy consciente de que había estado haciendo todas aquellas preguntas para ocultar su nerviosismo ante la perspectiva de volver a estar a solas con él.

Aquello era algo que no había planeado. No iba a ser fácil volver a estar con Marco, porque sabía que cada vez iba a costarle más dejarlo. Además, era obvio que quería respuestas, e iba a tener que estar atenta para mantenerse un paso por delante de él.

Marco condujo a Virginia hasta su apartamento. No le gustaban los hoteles y, ya que Moretti Motors siempre tenía un conductor en la Fórmula 1, a lo largo de los años habían comprado residencias en las principales ciudades en que tenían lugar las carreras.

Estaba tratando de mostrarse cordial y relajado, pero quería respuestas.

No quería que Virginia fuera consciente de hasta qué punto lo había afectado. Hasta que no había vuelto a verla no se había hecho consciente de que la había estado buscando entre la multitud, que había estado esperándola en cada carrera. Y que cada victoria y cada derrota estaba marcada por el hecho de que ella no había estado allí.

Jamás había permitido que nadie tuviera aquella clase de poder sobre él. Por algún motivo, Virginia era la única mujer que le había hecho reaccionar así. Sólo recuperaría la paz que necesitaba cuando averiguara con claridad quién era.

Durante la comida apenas había obtenido respuestas. Virginia había mostrado una gran habilidad para mantener la conversación al margen de sí misma. Pero estaba empeñado en averiguar todo lo posible sobre ella, y quería hacerlo sin preguntas directas.

—Me estás mirando —dijo ella.

—Eres una mujer preciosa. Seguro que no soy el primer hombre que te mira.

Virginia negó con la cabeza.

—En realidad no soy preciosa.

—La belleza está en el ojo del que mira, y yo te encuentro cautivadora.

—Marco…

—¿Sí?

—No digas cosas como ésa, por favor.

—¿Por qué no?

—Porque sentiría la tentación de creerte, y acabas de decir que no estabas interesado en ninguna mujer a largo plazo.

—He dicho eso, ¿verdad?

—Sí.

—Pero tú tampoco estás interesada en una relación a largo plazo, ¿verdad, Virginia?

—No lo sé.

Marco no supo a qué se refería con aquella respuesta. Tal vez sólo estaba tan confundida como él respecto a lo que estaba sucediendo entre ellos. Pero había desaparecido tras su primera noche juntos. La mayoría de las mujeres no hacía aquello.

Su experiencia le había demostrado que las mujeres seguían rondando una temporada, que sólo se iban cuando se convencían de que el hombre con el que estaban no era el adecuado para compartir su vida.

—Sin duda, una mujer que se va mientras el hombre con el que se ha acostado aún duerme no está buscando algo permanente... aunque pensaba que eso era lo que buscaban la mayoría de las estadounidenses.

—¿Y por qué piensas algo así? Las mujeres de mi país son muy independientes.

—Mi madre ve la serie *Mujeres desesperadas* —lo cierto era que Marco no estaba seguro de que aquella serie tratara de mostrar el prototipo de la mujer estadounidense, pero Elena era de aquel país y quería casarse.

—Eso es una serie de televisión.

—Las series de televisión se hacen populares por el modo en que exageran la vida real.

—Eso no tiene sentido, Marco.

—Sólo dices eso porque no estás de acuerdo con mi teoría.

—De acuerdo, si tienes razón respecto a eso, ¿qué piensas de las películas?

—Creo que, hasta cierto punto, reflejan la visión de lo que representan. No estoy diciendo que las películas y los programas de televisión sean la vida real, pero sí creo que son un espejo de la actitud de la cultura que las produce.

—¿Has visto la película *Pasado de vueltas*? —preguntó Virginia.

–Sí. Era bastante divertida, con Will Ferrell.

–En ese caso, tal vez debería asumir que eres como el conductor francés de la película.

Marco necesitó un momento para deducir que Virginia estaba tratando de sugerir que tal vez fuera gay. Vio el destello de su mirada. Se estaba burlando de él. Sabía que aquello no debería hacerle gracia, pero se la hizo.

Se acercó a ella, cansado de no tenerla entre sus brazos. El mes pasado había sido demasiado largo. Se había centrado en las carreras y en los acontecimientos de promoción que acompañaban inevitablemente a la temporada de Fórmula 1, pero cada noche había tenido apasionados sueños con Virginia y quería hacerlos realidad.

–Creo que ya he demostrado que estoy más interesado en las mujeres que en los hombres –dijo mientras la rodeaba con sus brazos–. Pero tal vez necesites otra demostración.

Virginia apoyó ambas manos en el rostro de Marco y se puso de puntillas para besarlo con la delicada pasión que él sólo asociaba con ella.

–No dudo que estés interesado en las mujeres. Sólo trataba de aclarar las cosas.

–En lugar de ello has demostrado que los estadounidenses piensan que los hombres franceses son gays. A mí me da igual porque soy italiano… y esta noche sólo me interesa una mujer.

–¿Yo?

–Tú –Marco tomó a Virginia en brazos y la llevó por el pasillo al dormitorio.

La dejó de pie junto a la cama. Virginia sintió

un cálido estremecimiento cuando deslizó un dedo por el lateral de su cuello hasta el borde de su vestido. No estaba escuchando lo que decía. Simplemente se limitó a mirar sus labios para ver si iba a besarla. Aquello era lo que realmente quería y necesitaba. Lo había echado de menos. Y aunque había tenido otras relaciones antes, la noche que había pasado entre sus brazos había superado todas sus experiencias anteriores.

—Casi no me atrevo a creer que estés realmente aquí.

—Estoy aquí –susurró Virginia, que tampoco era capaz de creer que Marco la hubiera vuelto a tomar entre sus brazos con tanta facilidad.

Él se inclinó y la besó con delicadeza en la boca. Cuando, unos segundos después, tomó entre los suyos el labio inferior de Virginia y lo acarició con la lengua, ella dejó de pensar y se entregó por completo a las sensaciones que se estaban adueñando de su cuerpo.

Cuando la tuvo prácticamente desnuda ante sí, Marco deslizó la punta de un dedo por la cicatriz que tenía bajo uno de sus pechos.

—¿Te das cuenta de que ésta es una de las pocas cosas que sé sobre tu pasado?

Virginia sintió un estremecimiento. Marco no debía conocer su pasado. Sus familias eran enemigas, como los Capuleto y los Montesco, pero en la vida real.

—Mi pasado carece de importancia, Marco. Lo único que importa es lo que tenemos cuando estamos juntos. Hazme el amor.

–¿Por qué?

–Quiero saber que estoy realmente aquí, entre tus brazos.

Marco se inclinó para deslizar la lengua por la cicatriz. Sostuvo con sus manos el peso de ambos pechos a la vez que le acariciaba los pezones con los pulgares.

Virginia apoyó las manos en su cabeza y lo retuvo contra su cuerpo. Él murmuró algo en italiano contra su piel antes de empezar a lamerle y mordisquearle los pechos hasta alcanzar su cima.

Virginia sintió que necesitaba algo más que sus labios tocándola. Le hizo erguirse y lo besó profundamente a la vez que se pegaba a él como si no fuera a apartarse nunca.

El roce de la tela de su camisa le recordó que estaba completamente vestido y ella no llevaba más que sus braguitas de seda. La idea de estar desnuda entre sus brazos resultó realmente excitante.

Marco se apartó de ella y la tumbó en la cama. Luego se inclinó para tomar en sus labios uno de sus pezones mientras le acariciaba el otro pecho con la mano.

Virginia se arqueó hacia él, anhelante, y deslizó una mano entre sus cuerpos para acariciar su erección por encima de la tela de sus pantalones. Al mismo tiempo separó las piernas para ofrecerse por completo a él.

–Te necesito ahora… –dijo con voz ronca.

Marco alzó la cabeza. Los pezones de Virginia estaban húmedos y excitados debido a las caricias de su lengua. Apoyó el pecho contra ellos.

Virginia alzó una mano para desabrocharle la camisa.

–Déjalo. Necesito penetrarte ya.

Virginia asintió y deslizó la mano hacia abajo para desabrocharle el cinturón. Al no lograr desabrochar el botón del pantalón, dejó escapar un gemido de frustración.

Marco rió con suavidad y le apartó las manos para poder desabrochárselo. Ella escuchó el sonido de la cremallera al deslizarse hacia abajo y un instante después sintió la calidez de su erección sobre el centro de su cuerpo. Marco deslizó sus caderas arriba y abajo sobre ella y la frotó con su erección.

Virginia lo necesitaba en su interior. Lo tomó con su mano y situó su miembro para facilitarle la entrada. Pero sólo logró obtener la punta en el interior de su cuerpo.

Marco la sujetó por las caderas y, por mucho que Virginia se retorció debajo de él, no cedió. Finalmente, ella alzó la mirada.

–¿A qué estás esperando?

–A que realmente me desees.

–Te deseo. Quiero tenerte dentro de mí ahora mismo. Siento que ha pasado toda una vida desde que estuvimos juntos, y te he echado tanto de menos… –las palabras no dejaban de aflorar y Virginia supo que estaba revelando demasiado, pero no pudo evitarlo–. Por favor, Marco… –rogó a la vez que deslizaba las manos por su espalda hasta sus glúteos para atraerlo hacia sí.

Él la penetró apenas un centímetro más.

–Eso es todo lo que vas a obtener –murmuró.

La sensación del cálido aliento de Marco junto a su oreja estuvo a punto de hacer alcanzar el clímax a Virginia, que se movió para tratar de atraerlo más profundamente en su interior.

–Marco, por favor, necesito más…

–No. Te portaste mal.

–¿Cuando me fui?

–Sí –contestó Marco a la vez que la penetraba un centímetro más.

Virginia lo deseaba en aquellos momentos con locura. Necesitaba sentirlo profundamente enterrado en su cuerpo.

–Marco…

–¿Sí, Virginia?

–Siento haberme ido.

–Eso está mejor, *cara mia* –dijo él a la vez que la penetraba un poco más.

Ella se estremeció y sintió los primeros estremecimientos de un orgasmo recorriendo su espina dorsal. Aferró los glúteos de Marco y trató una vez más de atraerlo hacia sí.

–Marco…

–Quiero que me prometas que no volverás a irte.

–Lo prometo.

–Lo has prometido demasiado deprisa. ¿Lo dices en serio?

–Sí, totalmente en serio.

–Si te lo doy todo, espero que te quedes en mi cama hasta que te pida que te vayas.

Virginia miró los ojos de obsidiana de Marco y supo que estaba hablando en serio. Aquello era algo más que un juego para él. Y ella no pudo evitar hacerle aquella promesa. Posiblemente le costaría mantenerla, pero lo intentaría.

–Me quedaré hasta que me pidas que me vaya.

Marco la miró un momento a los ojos antes de penetrarla por completo. Virginia se sintió indeleblemente marcada por su posesión. Sintió que aquello la había cambiado y que nunca volvería a ser la misma.

Deslizó las manos por la espalda de Marco mientras éste la penetraba más y más profundamente. Sus miradas se encontraron y Virginia sintió que también se estaba produciendo un encuentro de sus almas. Se sorprendió cuando su cuerpo empezó a tensarse en torno al miembro de Marco. Alcanzó el orgasmo antes que él. Marco la sujetó por las caderas, intensificó sus penetraciones y, a la vez que murmuraba una y otra vez el nombre de Virginia, derramó su cálida semilla dentro de ella.

–Eres mucho mejor de lo que había soñado –murmuró ella antes de besarlo.

La profunda risa de Marco reverberó por todo su cuerpo y sintió que allí había encontrado su lugar. Y aquél era un pensamiento muy peligroso, porque, si aquél era su sitio, ¿qué iba a hacer cuando tuviera que volver a dejar a Marco?

Capítulo Seis

Marco despertó en medio de la noche y se sentó repentinamente en la cama. La voz de su abuelo resonaba en su mente. Decía algo sobre que ya era demasiado tarde.

Se pasó una mano por el rostro y encendió la luz de la mesilla de noche antes de recordar que no estaba solo. Virginia.

Realmente estaba allí. Después de hacer el amor se había quedado dormida en sus brazos. Y a él no le había importado. Porque lo último que había querido hacer había sido interrogarla sintiéndose tan vulnerable. Aquella mujer le hacía sentirse... débil.

O por lo menos le hacía perder el control. Como le sucedió la primera vez que se sentó tras el volante de un coche de carreras.

Ya que estaba dormida, podía contemplarla a su gusto sin tener que admitir ante nadie que estaba obsesionado con ella. Sabía que su hermano Dominic se alegró cuando se encontraron aquella mañana en Melbourne y comprobó que Virginia ya no estaba con él.

¿Habría visto algo especialmente peligroso en ella? ¿O su reacción se habría debido a su habitual temor a que una mujer pudiera interponerse en el camino de Moretti Motors hacia la cima?

Pero ya estaba acostumbrado a verlo siempre rodeado de mujeres bonitas, de manera que, ¿qué habría visto de especial en Virginia? ¿O había sido su reacción lo que le había preocupado?

Marco no sabía si sus hermanos y él tomaron una buena decisión cuando prometieron evitar a cualquier mujer que pudiera hacerles sentir algo. Marco no podía hablar por sus hermanos, pero él estaba cansado de los desiertos emocionales que habían sido sus relaciones pasadas.

No dejaba que nadie se acercara demasiado a él. Y al final del día siempre estaba solo. Tenía a sus hermanos, por supuesto, pero a veces no podía evitar anhelar la felicidad que su padre encontró con su madre.

La clase de felicidad que surgía del amor.

Agitó la cabeza para despejarse. Él no era la clase de hombre que necesitaba el amor. Necesitaba una poderosa máquina bajo su control. Necesitaba el estímulo de competir contra otros grandes corredores. ¿Pero el amor? Eso no lo necesitaba.

Salió de la cama y apagó la luz para no molestar a Virginia.

¿Por qué le hacía sentir tanto aquella mujer? Tenía treinta y seis años y llevaba una buena vida. ¿Por qué de pronto empezaba a cuestionársela?

Fue hasta el bar, se sirvió una bebida y luego fue hasta los ventanales del cuarto de estar. Las luces de Barcelona competían con las estrellas del cielo. Le habría gustado poder achacar su inquietud a Virginia y a las preguntas que aún no le había hecho, pero sabía que era más que eso.

Sus pensamientos derivaron hacia el campeonato de aquel año y comprendió que ganarlo no le iba a bastar. Porque una vez que tuviera en sus manos otro campeonato, ya no quedaría ningún reto para él en el mundo de la Fórmula 1.

A veces sentía que no sabía quién era si no estaba tras el volante de un coche. Estaba muy bien ser el rostro de Moretti Motors, pero no podía decirse que aquello fuera demasiado. Lo cierto era que siempre le había avergonzado un poco la forma en que lo perseguían los fotógrafos y las mujeres.

Volvió al bar para rellenar su vaso.

—¿Marco?

Al volverse, Marco vio a Virginia de pie en la penumbra del pasillo.

—¿Sí?

—¿Qué estás haciendo?

—No podía dormir. ¿Te he molestado?

Virginia avanzó hacia él y Marco notó que llevaba su camisa. Le gustaba el aspecto que tenía con su ropa. Cuando la tuvo lo suficientemente cerca la rodeó con sus brazos.

—¿En qué estás pensando? —preguntó Virginia—. ¿En la carrera?

Marco sintió la tentación de decir que sí. Habría sido fácil decir que la estaba repasando mentalmente para averiguar por qué había perdido, pero no estaba pensando en la carrera ni en Moretti Motors. Estaba pensando en la mujer que tenía en aquellos momentos entre los brazos.

—No. No estaba pensando en la carrera.

–Entonces, ¿en qué pensabas?

–En que aún no sé tu apellido ni a qué te dedicas. Sin embargo tú conoces un montón de detalles sobre mi vida.

Virginia se ruborizó.

–¿Y eso te importa?

–Sí.

Virginia dudó.

–Soy Virginia Festa. Nací en Italia pero me trasladé a Estados Unidos cuando tenía un año. Mi madre, Carmen Festa, era maestra.

–¿Y tu padre?

–Nunca lo conocí. Murió antes de que naciera.

A Marco le resultó familiar el apellido Festa.

–¿En qué parte de Italia naciste?

–En Chivasso.

Marco se tensó. De allí era Cassia, la mujer que maldijo a su abuelo y de paso a todos los hombres Moretti. No conocía su apellido, porque su abuelo siempre se había referido a ella como «la bruja». Pero lo que había dicho Virginia le había hecho pensar en su maldición familiar. No había creído en la maldición hasta que Dom la había experimentado. Aquello fue lo que hizo que Antonio y él empezaran a tomarse en serio las creencias de su abuelo.

Lorenzo les contó la historia de la chica de su pueblo a la que prometió amar y a la que acabó rompiendo el corazón. En venganza la chica lo maldijo.

–De manera que tu madre y tú estabais solas.

–No. Mi abuela también vivía con nosotros.

–¿Tres mujeres solas?

–Sí. Mi abuela hizo algo malo cuando era joven y creo que sus actos nos condenaron a todas.

Virginia no sabía si era porque estaban en penumbra, o debido al consuelo que extraía de estar entre los brazos de Marco, pero de pronto quería hablar de su pasado, del camino que la había llevado hasta su cama.

–¿Y qué tiene eso que ver con el secretismo que has mantenido hasta ahora? –preguntó Marco mientras la tomaba de la mano para conducirla hasta el sofá.

Virginia comprendió que estaba hablando demasiado, que debería retirarse al dormitorio o utilizar el sexo para distraer a Marco y volver a desaparecer por la mañana.

Pero el mes anterior había tenido mucho tiempo para pensar y lo que quería no era volver a su solitaria vida. Le gustaba Marco. No había contado con aquel factor en su cálculos: las emociones humanas como parte de la ruptura de la maldición. Siempre había creído que a su abuela se le había roto el corazón cuando Lorenzo se negó a volver al pueblo a casarse con ella. Pero no había comprendido que las emociones podían ser el componente clave con el que no había contado. Lo cierto era que ella no era bruja y que no practicaba la magia con regularidad. Todo su entrenamiento había consistido en el estudio de las prácticas de brujería para encontrar una forma de romper la maldición.

Utilizar las emociones era algo básico, y algo

que no debería haber olvidado. Pero aquel hechizo, el único que había intentado...

—¿Virginia?

—¿Humm?

—Te he hecho una pregunta.

Virginia sonrió. Apenas podía ver en la penumbra los ojos de Marco, y comprendió que se estaba enamorando de él. ¿Se debería tan sólo a que lo había elegido como padre de su bebé?

—Es cierto.

—¿Te encuentras bien?

—Sí... En realidad no. Supongo que como estamos en plena noche he pensado que hablarte del pasado haría que todo se arreglara, pero ahora no estoy segura.

—No te sigo.

—Me has preguntado si mi misteriosa forma de actuar tiene algo que ver con lo que hay entre nosotros. Tiene nada y todo que ver —Virginia sintió que su seguridad empezaba a desvanecerse a marchas forzadas. Aquellas horas de la noche no eran el mejor momento para tomar decisiones. Sin embargo, allí estaba, a punto de contarle a Marco...

—No hagas nada que no quieras hacer, *mi'angela*. Sólo te lo he preguntado porque quiero respuestas. Estoy cansado de buscar tu rostro en las carreras y de no saber lo suficiente sobre ti como para poder encontrarte.

—Supongo que no estoy siendo justa contigo al dudar.

—¿Al dudar sobre qué?

—Sobre si decirte la verdad.

–¿Me has estado mintiendo?

–En realidad no. Sólo me he limitado a omitir cosas. De hecho, me habría gustado que lo hubieras deducido para no tener que contártelo.

–¿Qué tendría que haber deducido?

Virginia suspiró cuando Marco se apartó de ella. No debía olvidar que estaba sola y que sólo un hijo podría cambiar sus vidas.

–Soy la nieta de la mujer que maldijo a tu abuelo. Cassia Festa, mi abuela, se llevó una profunda decepción amorosa cuando tu abuelo, Lorenzo, se negó a casarse con ella.

Marco se puso en pie y masculló una maldición.

–Conozco la historia. Tu abuela maldijo a los hombres Moretti para que tuvieran que elegir entre la fortuna o el amor. Nunca podrían disfrutar de ambas cosas a la vez.

Virginia asintió. No era fácil explicar las acciones de Cassia a alguien que no la había conocido.

–No era una mujer feliz.

–Los Moretti tampoco lo hemos sido –dijo Marco con dureza–. Perdimos nuestro hogar, Virginia.

–Lo siento. Pero te aseguro que a mi abuela tampoco le fue precisamente bien después de maldecir a tu familia.

–¿Por qué estás aquí? –preguntó Marco–. ¿Acaso habéis planeado volver a maldecirnos? Te advierto que ya es demasiado tarde, Virginia. Mis hermanos y ya nos hemos hecho a la idea de que nunca podremos aspirar al amor.

Virginia bajó la mirada. Marco estaba enfadado, y tenía derecho a estarlo. Pero eso no significaba que tuviera que gustarle el tono en que le estaba hablando. Se levantó y se alejó unos pasos de él.

—No estoy aquí para lanzarte una nueva maldición. Las mujeres de mi familia... bueno, en realidad estoy yo sola. Cassia murió sola y amargada. Mi madre perdió al único hombre al que amó, y yo...

—¿Tú qué? –preguntó Marco con aspereza.

—He pasado los dos últimos años de mi vida estudiando la maldición y tratando de averiguar por qué mi abuela nunca se casó y tuvo una sola hija, mi madre, y por qué la vida de mi madre siguió el mismo patrón. Y he descubierto que la antigua maldición que utilizó conllevaba un efecto secundario necesario para mantener el equilibrio con el que mi abuela no contó.

—Me gustaría poder decir que me interesa lo que me estás contando, pero en estos momentos estoy demasiado enfadado.

—No te culpo. Pero no puede decirse que seas precisamente un hombre que no ha tenido otras aventuras antes.

—Eso es cierto. Pero nunca he abandonado a una mujer en medio de la noche.

—Lo siento, pero si estás dispuesto a escucharme...

Marco se encogió de hombros.

—¿A qué te referías con lo del efecto secundario que conllevaba la maldición para mantener el equilibrio?

—El equilibrio de la justicia. El equilibrio de todo en la naturaleza. La maldición concedió a mi abuela su deseo, pero también tuvo que renunciar a algo para obtener su deseo. Y ella ansiaba la infelicidad de Lorenzo. Quería que sintiera el mismo dolor que había experimentado ella...

Marco fue al bar a servirse dos dedos de whisky.

—Cassia buscó venganza porque la habían dejado plantada, y la obtuvo. Mi abuelo fue infeliz en el amor todos los días de su vida. Su matrimonio fracasó, aunque tuvo hijos a los que adoró. Mi propio padre no logró salir adelante en los negocios, pero tuvo el amor de mi madre como compensación.

—Había oído decir eso de tu familia. Me alegra que tú y tus hermanos crecierais en una casa llena de amor.

—¿En serio? —preguntó Marco en tono irónico.

—Sí. Yo crecí en un ambiente de amargura en mi casa. Tener como perspectiva vital una serie continuas decepciones amorosas no era precisamente alentador.

—¿Te importaría decirme por qué estás aquí realmente? ¿Es por el dinero?

—No, Marco. No quiero tu dinero. Quiero un hijo tuyo.

Marco no estaba seguro de poder asimilar más sorpresas.

—¿Un hijo mío? —repitió, perplejo.

—Sí.

Marco se tomó el whisky de un trago y luego miró a Virginia.

–¿Me mentiste cuando dijiste que estabas tomando la pastilla?

Virginia se ruborizó y volvió el rostro.

Ésa fue toda la respuesta que necesitó Marco.

–¿Hay algo de verdad en todo lo que me has dicho hasta ahora?

–Sólo te he mentido para tratar de arreglar las cosas, Marco. ¿La intención no cuenta para nada?

–No… No lo sé. ¿Por qué me has elegido a mí?

–No tenías por qué ser tú en concreto. Podía ser cualquier Moretti.

–¿Y por qué me ha tocado a mí? –preguntó Marco, cada más indignado. Se planteó la posibilidad de llamar a sus abogados para que buscaran todos los motivos posibles para denunciar a Virginia.

–Resultaba más fácil acercarse a ti que a tus hermanos. Y tras veros a los tres me sentí más atraída por ti.

Marco había sentido una punzada de celos cuando Virginia había dicho que no tenía por qué ser él en concreto. Los celos mermaron un poco cuando escuchó aquello, pero no le gustó el hecho de no ser para ella más que un medio para conseguir un fin.

–¿Por qué quieres un hijo mío?

Virginia se acercó un poco a él. Sólo llevaba puesta su camisa y Marco se hizo consciente de lo pequeña y vulnerable que parecía. En la semipenumbra reinante, parecía un ser etéreo.

Pero no podía fiarse de aquella aparente vulnerabilidad. A fin de cuentas, le había estado mintiendo.

—Todo está relacionado con la maldición.

—Háblame de eso.

—Creo que, cuando mi abuela maldijo a tu abuelo Lorenzo, se maldijo a sí misma. Fue como si al negar a Lorenzo la verdadera felicidad también la hubiera eliminado de su propia vida y de las sucesivas generaciones de su familia.

—¿Tu madre no fue feliz?

—Se enamoró de mi padre y fueron felices durante tres meses antes de que lo enviaran a la guerra. Yo nací, y tres días después mamá recibió la noticia de la muerte de mi padre. Quedó destrozada para el resto de su vida.

—¿Pero naciste en Italia?

—Sí. Tras la marcha de mi padre, mi bisabuela se puso enferma y mi madre y mi abuela fueron a su pueblo a ayudarla. Cuando mamá descubrió que estaba embarazada, decidieron quedarse una temporada. Tras la muerte de mi padre, creo que la abuela esperaba que algún italiano agradable se enamorara de mamá y se casara con ella, pero no fue así. Volvimos a Estados Unidos cuando cumplí un año.

—¿Y qué le sucedió a tu abuela?

—Tuvo una aventura con alguien en su pueblo. No sé con quién, pero el escándalo de su embarazo le hizo abandonar el pueblo y trasladarse a Estados Unidos, donde nació mi madre.

Marco empezaba a hacerse una idea de cómo había sido la vida de la familia de Virginia y comprendió su afán por deshacer el maleficio. Pero aquello no explicaba por qué quería un hijo suyo.

—¿Cómo relacionaste el trágico pasado de las mujeres de tu familia conmigo?

—Es lo único que tiene sentido. Logré encajar las piezas del rompecabezas cuando mi madre murió y me dejó el diario de mi abuela. Aprendí mucho sobre la magia *strega* y la maldición que mi abuela había hecho caer sobre tu familia. Hasta entonces no supe que había hecho algo así. Sólo pensaba que éramos desafortunadas en el amor.

—¿Tú también?

Virginia miró a Marco y éste comprendió que se estaba acercando a la verdad. Aquélla era una misión muy personal para Virginia. Se frotó la nuca, pensativo. Estaba enfadado con ella por haberlo utilizado, pero quería superar aquello.

—Sí, yo también he sido desafortunada en el amor, y no quiero pasarme la vida sola e infeliz, como mi madre y mi abuela. De manera que me puse a investigar la magia y las maldiciones *strega*. Gracias al diario conocía la maldición que utilizó mi abuela. Cuando empecé a leer la historia de las maldiciones amorosas comprendí que también tenían repercusiones para quienes las utilizaban.

—¿Y cómo esperas romper la maldición?

—Teniendo un hijo tuyo. La fusión de las sangres Moretti y Festa en una nueva generación unirá lo que fue separado y deshará la maldición. Pero no creo que podamos enamorarnos.

—No voy a enamorarme de ti —dijo Marco, al que no le gustó que Virginia asumiera que fuera a enamorarse de ella. No había hecho más que mentirle y utilizarlo sexualmente. No se le pasó por alto la ironía de la situación. Era muy consciente de que durante toda su vida de adulto había utilizado a las mujeres como sus juguetes–. Y no estoy seguro de querer que tengas un hijo mío.

Virginia se abrazó a sí misma en un gesto de autoprotección.

–No te estoy pidiendo que te enamores de mí.

–De manera que en realidad estás aquí para liberarme de la maldición, ¿no?

Virginia se mordió el labio inferior.

–A ti, a tus hermanos y a tus hijos.

–¿Y qué pasará con el hijo que quieres tener? –preguntó Marco. Había sido víctima de una falsa acusación de paternidad cuando tenía veintiún años y juró no volver permitir que lo utilizaran así.

–Yo me ocuparé de criarlo. Tú no tendrías ninguna responsabilidad.

Marco volvió a frotarse la nuca. No se creía capaz de dar la espalda a un hijo suyo. La familia era la piedra angular de todo lo que hacía… incluso correr.

–Me gustaría que mi hijo me conociera.

–En ese caso, seguro que podemos llegar a algún acuerdo. No tengo intención de impedirte ver a tu hijo.

Marco dejó su vaso en la mesa y se acercó a Virginia. Se detuvo a apenas unos centímetros de ella.

–Dime las palabras de la maldición.

–Si quieres puedo dejarte leer el diario de mi abuela, pero creo que no debería decir en alto las palabras. Son muy poderosas.

–Bien. Déjame ver el diario, por favor.

Virginia fue al dormitorio y regresó unos momentos después con un avejentado cuaderno de tapas de cuero. Desató la cinta que lo sujetaba y lo abrió. Marco vio el nombre de su abuelo en la primera página y la declaración de amor incondicional de una mujer joven. Cassia había escrito sobre sus esperanzas y sueños. Marco apoyó una mano sobre la de Virginia para impedirle pasar de página.

Sabía que tenía que superar su enfado para decidir cómo actuar en aquella situación.

–¿Quieres ver la maldición? –preguntó Virginia.

Marco retiró la mano.

–Sí.

Virginia buscó la página que quería. A aquellas alturas del diario la letra se había vuelto más compacta y el trazo más intenso.

Mi amor por ti lo abarcaba todo y era eterno, y con su muerte pido al universo que lleve la muerte a tu corazón y a los de todas tus sucesivas generaciones.

Mientras los Moretti deambulen por esta tierra, sólo podrán triunfar en los negocios o en el amor, pero nunca en ambas cosas.

No desdeñes los poderes de un cuerpo pequeño. Puede que seas fuerte, Moretti, pero eso ya no te servirá de nada. Mi voluntad es poderosa y exijo venganza por el dolor que me has causado.

–¿Y qué te hace pensar que, si tienes un hijo conmigo, se romperá la maldición?

–La parte que habla de venganza. Mi abuela quería crear una familia con tu abuelo, y ya que éste eligió dedicarse a correr en lugar de casarse con ella, quiso negarle el amor para siempre.

Marco volvió a leer las palabras del diario. Notó que había una escritura diferente en una de las columnas. Estaban escritas en inglés, no en italiano.

–¿Ésa es tu escritura?

–Sí. Para poder romper la maldición he pasado mucho tiempo investigando las palabras que utilizó mi abuela.

–¿Y no puedes limitarte a revocarla?

–No. Eso sólo podría haberlo hecho mi abuela, pero está muerta.

–A ver si he comprendido. ¿Estás aquí conmigo para quedarte embarazada y romper así la maldición de los Moretti?

Virginia se mordió el labio inferior y asintió.

–¿Y qué consigues tú con eso?

–La oportunidad de no acabar sola y amargada, como les sucedió a mi madre y a mi abuela. Y la posibilidad de llegar a tener un marido y más hijos.

Marco imaginó a Virginia embarazada de su hijo y sintió que un impulso primario se adueñaba de él. Quería plantar su semilla en aquella mujer. No sólo para romper la maldición de los Moretti, sino porque a un nivel primitivo e irracional, creía que Virginia era suya.

–De acuerdo –dijo sin pensárselo dos veces–. Mañana por la mañana haré que redacten un contrato con los detalles de nuestro acuerdo. Viajarás conmigo durante la temporada de carreras hasta que te quedes embarazada. Después vivirás en una casa que me ocuparé de pagar yo hasta que nazca el bebé. Creo que luego preferiré que sigas viviendo en ella con el niño para que crezca cerca de mí. Podré verlo cuando quiera.

Virginia se puso en jarras.

—Tú no vas a ser el único que dicte las normas sobre este acuerdo, Marco. No pienso limitarme a hacer lo que me digas.

Marco la tomó por las muñecas y la atrajo hacia sí.

—Creo que sí, Virginia. Porque sin mis «normas» no tendrás nada.

Capítulo Siete

Marco era consciente de que aquella reunión no iba a ser fácil, pero ya que había convocado a sus hermanos para que se reunieran en la casa de sus padres en Milán, no tenía más remedio que seguir adelante con su plan.

–*Bon giorno* –saludó cuando entró en el salón.

Su madre se levantó para besarlo en la mejilla y su padre lo abrazó. A pesar de que ya era un adulto, a Marco siempre le gustaba la sensación de volver al hogar.

–¿Qué urgía tanto para convocarnos tan temprano esta mañana? –preguntó Tony, que estaba bebiendo un café.

Marco se sentó frente a su madre y junto a su hermano.

–Es algo relacionado con la maldición familiar.

El silencio que siguió a las palabras de Marco fue eléctrico.

–¿Qué sucede con la maldición familiar? –preguntó Dom–. Sabes que éste es un año crucial para nosotros. ¿Tiene algo que ver con la mujer que conociste en Melbourne… Virginia no se qué?

–Sí, tiene que ver con ella.

–Lo sabía –dijo Dom–. No me produjo buenas vibraciones cuando me la presentaste.

–Puede que captaras el hecho de que es la nieta de Cassia Festa.

Dom se puso pálido.

–No menciones el nombre de esa mujer en nuestra casa.

–¿Qué quiere de ti, *mi figlio?* –preguntó a Marco su padre.

–Dice que ha encontrado una forma de romper la maldición de Cassia.

–¿Cómo? –preguntó su madre–. Lorenzo preguntó a todas las brujas que conocía y todas dijeron que sin las palabras exactas era imposible retirar la maldición.

Marco se puso en pie.

–Virginia asegura que la forma de romper la maldición es teniendo un hijo mío.

–¿Qué? –exclamó Dominic.

–Eso es una locura, Marco –dijo su padre.

–Eso he pensado yo, pero quiero que al menos me escuchéis. Cuando Cassia maldijo a Lorenzo estaba muy enfadada porque lo consideraba responsable de la muerte de su sueño: tener un marido, una familia, un futuro. De manera que quiso castigarlo con la misma moneda. Pero cuando lo maldijo también maldijo a las mujeres Festa. Desde entonces, ninguna ha encontrado la felicidad en el amor. Virginia ha estudiado a fondo la maldición y cree que se romperá si tiene un heredero Moretti, porque así el legado de Lorenzo recaería sobre un Festa.

–¿Quién criará al niño? –preguntó la madre de Marco.

–Voy a pedir a nuestro abogado que se ocupe de los detalles. Quiero compartir la responsabilidad –Marco hizo una pausa, dudando si compartir el resto–. Virginia cree que una de las claves para romper la maldición es que ella y yo no nos enamoremos.

–¿Y existe esa posibilidad? –preguntó Tony.

–No –contestó Marco sin dudarlo. No pensaba ni plantearse que Virginia pudiera suponer para él algo más que una aventura.

Dom asintió.

–¿Y qué necesitas de nosotros?

–Me gustaría que vinierais mañana conmigo a hablar con el abogado. Le he dicho a Virginia que para que las cosas funcionen tenemos que redactar un contrato.

–Estoy de acuerdo –dijo Dom–. Allí estaremos.

–¿Y tu madre y yo? –preguntó el padre.

–Creo que debéis esperar un poco para conocerla.

La madre de Marco asintió.

–De acuerdo. Pero queremos conocer a esa chica pronto. A fin de cuentas, va a ser la madre de nuestro primer nieto.

Era obvio que los Moretti formaban una auténtica familia, pensó Virginia a la mañana siguiente, sentada en el despacho de una prestigiosa firma de abogados. Era evidente que Marco y sus hermanos funcionaban como un grupo, y se sintió muy sola y pequeña sentada al extremo de la mesa en torno a la que se hallaban.

Ella no había tenido nunca la clase de lazo que unía a Marco y sus hermanos, y quería tenerlo. No sólo por sí misma, sino también por el hijo que quería tener.

—¿Estás de acuerdo con los términos del contrato? —preguntó Marco.

Virginia no había estado prestando demasiada atención mientras el abogado leía las condiciones, y no quería limitarse a decir sí.

—¿Podéis concederme unos minutos para revisarlo?

—Desde luego —dijo Marco.

Virginia notó que Dominic Moretti fruncía el ceño. No parecía hacerle mucha gracia que hubiera pedido aquellos minutos para revisar el contrato. Antonio, el hermano mediano, apenas había hablado al principio, pero luego había querido añadir algunas estipulaciones que la favorecían.

Virginia sabía claramente lo que quería, y aquélla no era más que una manera de formalizar lo que Marco y ella ya habían acordado. Pero escucharlo en aquel estéril entorno le había hecho sentirse un poco insegura de sí misma.

Dominic, Antonio y el abogado salieron de la sala, pero Marco se quedó.

—¿Entiendes todo lo redactado?

—Creo que sí. Simplemente no quiero renunciar a todos mis derechos sin pensarlo bien.

—No estoy dispuesto a aceptar menos de lo que estipula el contrato.

—Lo sé.

–Entonces. ¿Qué te retiene para firmarlo?

–Nada. Pero no estaba demasiado atenta cuando el abogado lo ha leído y quiero echarle un vistazo.

Marco se acercó a ella y se inclinó para dejar el contrato sobre la mesa. Virginia aspiró el aroma de su colonia y sintió un cálido cosquilleo por todo el cuerpo.

–Adelante. Léelo.

Pero Virginia no pudo concentrarse en el texto. La cercanía de Marco, el calor que emanaba de su cuerpo, se lo impidieron. Lo único que quería era dar por concluido aquel trámite para dar el siguiente paso: ir a vivir con Marco hasta que se quedara embarazada.

Aquello era algo que nunca había soñado tener, y quería iniciar aquella fase de su vida. Aunque existiera un contrato entre ellos, por primera vez en su vida iba a compartir sus días con alguien.

Echó un vistazo a los papeles. Estaban redactados en italiano y también en inglés, pero en realidad le daba igual lo que pusiera. Sabía que si no rompía la maldición iba a pasar el resto de su vida sola, probablemente triste y amargada.

Respiró profundamente y firmó. Luego se levantó.

–De acuerdo. Ya está hecho. Vámonos de aquí.

–No tan rápido. Ni siquiera has leído el contrato.

–Lo he ojeado y, como has dicho, apenas tengo opciones. Tú tienes algo que quiero y por lo que estoy dispuesta a hacer lo que sea. Así que, en cierto modo, ya he firmado un contrato. Quiero un hijo tuyo, Marco.

–¿Por qué te importa tanto tener un hijo? Da la sensación de que supone para ti algo más que la posibilidad de romper la maldición.

–No lo entenderías…

–Trata de explicármelo. Soy bastante listo.

Virginia sonrió.

–Ya lo sé. Es una de las cosas que me atrajo de ti.

–Dominic y Antonio también son listos. Así que, ¿por qué quieres tener un hijo conmigo en concreto?

–No me interesan tus hermanos. Desde el momento en que averigüé cómo romper la maldición, supe que eras tú el que quería.

–¿No bastaría cualquier Moretti? –preguntó Marco a la vez que alzaba una mano para acariciarle el rostro.

Ella volvió el rostro y se la besó.

–No. Eras tú o ninguno.

Virginia se hizo consciente en aquel momento de la verdad de sus palabras y de cuánto le importaba Marco. Y se hizo una promesa a sí misma. No iba a caer en la tentación de enamorarse de él, porque las mujeres Festa y los hombres Moretti no estaban destinados a enamorarse entre sí.

Lorenzo y Cassia habían demostrado lo desastrosa que podía ser una relación entre una Festa y un Moretti.

***

Marco estaba acostumbrado a viajar y a asistir a acontecimientos de promoción. Ofrecía entrevistas a los medios de comunicación y se sentía totalmente cómodo ante el público. Siempre le había gustado ser el centro de atención, pero no porque fuera un ególatra, sino simplemente porque le gustaba todo el jaleo.

Y en Monte Carlo, donde se encontraba en aquellos momentos, era aún mejor, porque cuando acabara aquella fiesta iba a volver a su villa, donde Virginia lo estaba esperando. Era como si por fin hubiera encontrado lo que estaba buscando, un escape del frenético estilo de vida que había estado llevando para demostrarse a sí mismo que tenía una vida.

–¿A qué viene tanta prisa? –preguntó Keke cuando vio que Marco trataba de escapar de la fiesta organizada por Moretti Motors por la puerta de atrás.

–No tengo prisa –dijo Marco.

–Sí la tienes. Tienes prisa desde que te enganchaste con Virginia en España. Yo estoy comprometido con Elena y no me siento tan desesperado como tú por volver con mi mujer.

–No estoy desesperado.

–No lo decía en mal sentido. Creo que es bueno que tengas algo en la vida aparte de Moretti Motors.

–Siempre he tenido algo más que la empresa. Soy conocido en todo el mundo por mi estilo de vida juerguista.

–Yo también… y por eso sé lo vacío que es ese

estilo de vida. Es distinto dedicarse a llenar el tiempo que tener a alguien con quien pasarlo, alguien que signifique algo.

—¿Cuándo te has vuelto tan filósofo, Keke?

—Sé que no soy especialmente listo, pero tener a Elena en mi vida me ha hecho comprender lo que me estaba perdiendo.

—¿Y qué tiene que ver eso conmigo?

—Cuando te veo con Virginia me recuerdas a mí con Elena —Keke se encogió de hombros—. Empiezo a pensar que hay algo más en la vida que correr y luego irme de juerga… Puede que haya llegado el momento de que me retire y asiente la cabeza.

Marco miró a su viejo amigo. Hacía cinco años que eran compañeros de equipo. Keke tenía cuatro años más que él, y probablemente esa diferencia era la que le hacía hablar así, pero la sinceridad de su tono le hizo dudar.

—Yo no pienso retirarme, y Virginia es una chica más.

Keke alzó las cejas.

—Lo que tú digas.

Marco estaba a punto de replicar cuando Elena los interrumpió. Unos minutos después contempló a la pareja con expresión pensativa mientras se alejaba. ¿Tan desesperado estaba por la compañía de Virginia? ¿Era ése el motivo por el que no la había despedido de inmediato en cuanto había empezado a hablarle de la maldición?

Una parte de él sabía que era porque nunca había creído del todo en la maldición. Pero la realidad era más sencilla. Deseaba a Virginia y el contrato le ofrecía un motivo seguro para estar con ella. No tenía por qué preocuparse por las expectativas amorosas o de matrimonio que pudiera tener. Pero el hecho de que fuera a tener su hijo no era cualquier cosa. Tener un acuerdo legal hacía que las cosas parecieran sencillas… a menos que se estuviera engañando a sí mismo.

Se acercó al aparcamiento, donde le esperaba el viejo descapotable que había heredado de su abuelo Lorenzo. Estaba a punto de entrar en el vehículo cuando vio que su hermano Dominic se acercaba.

–*Ciao, fratello.*

–*Ciao, Dom.* ¿Qué tal?

–Antonio y yo necesitamos verte esta noche. Estamos casi convencidos de que tenemos un espía en la empresa.

A Marco no le sorprendió la noticia. Dom ya le había hablado de aquella filtración en Melbourne.

–Yo apenas voy al despacho, Dom. Dudo que conozca al espía.

Dominic alzó sus gafas de sol hasta lo alto de su cabeza.

–El espía podría ser cualquiera. Quiero que Tony y tú repaséis la información que ha sido filtrada y tratéis de deducir cómo está saliendo. Tú conoces nuestro programa de Fórmula 1 mejor que nadie. Y siento tener que mencionar esto, pero apenas conocemos a Virginia y está viviendo contigo.

Marco entrecerró los ojos y pensó en la libertad que había dado a Virginia en todas sus casas. En aquellos momentos estaba a solas en su villa a las afueras de Montecarlo. Y aunque no fuera a las oficinas de la empresa, recibía información diaria a través del fax sobre los avances en la producción del nuevo Valerio.

–¿Crees que Virginia es responsable de esto? La primera filtración se produjo antes de que nos conociéramos.

–Tenemos que descartar la posibilidad de que esté implicada. ¿Crees que alguien podría estar utilizándola?

Marco lo dudaba. Su instinto le decía que lo único que interesaba a Virginia era su esperma. Había sido totalmente franca desde la noche que se había sincerado.

–Se lo preguntaré.

–¿Crees que eso es lo mejor?

–Sí. A mí no me mentirá.

–Ten cuidado, Marco. No quiero verte sufrir.

–¿Por culpa de una mujer?

–No olvides que su abuela fue la que maldijo a nuestra familia –dijo Dominic.

Marco asintió. Su hermano tenía razón… pero casi siempre la tenía.

–*Arrivederci*, Dominic.

–Hemos quedado a cenar esta noche a las nueve en la villa. ¿Vendréis Virginia y tú?

–Sí. Y para entonces ya sabré si ella es la espía.

Marco entró en el coche pensando en su abuelo. Sabía que se parecían en muchas cosas, pero él no estaba dispuesto a permitir que la distracción de una mujer Festa arruinara su vida.

***

Sentada en un banco de piedra, Virginia inspiró profundamente. Le encantaban los jardines de la villa de la familia Moretti en Monte Carlo. Hacía sólo dos semanas que todo había salido a la luz, que le había dicho a Marco lo que quería de él. Pasaba mucho tiempo en la villa, disfrutando de las vistas del jardín desde el amplio balcón de su habitación mientras Marco iba al circuito para los entrenamientos y las rondas de clasificación.

Ya que no era especialmente aficionada a las carreras no le importaba no ir al circuito, pero empezaba a necesitar casi con desesperación la compañía de Marco, y eso no era bueno. Debía recordar que aquella relación era sólo temporal, que acabaría en cuanto se quedara embarazada.

–Supuse que te encontraría aquí –dijo Marco. Rodeó a Virginia por detrás con sus brazos y la atrajo hacia sí para besarla en el cuello–. ¿Qué haces aquí tan sola?

–Disfrutar del jardín. Es tan bonito y tranquilo.

–¿Y eso es lo que necesitas? ¿Mi estilo de vida es demasiado intenso para ti?

Virginia estuvo a punto de decir que no, pero, ya que no había futuro entre ellos y necesitaba mantener las distancias con Marco desde el punto de vista emocional, se contuvo.

–Sí, lo es. En realidad no me gusta toda la atención que recibes. Supongo que resulta cansado tener que estar sonriendo todo el rato.

Marco le hizo ladear la cabeza y la besó. Sintió que el deseo despertaba en su cuerpo. Virginia se volvió y lo rodeó con los brazos por el cuello.

Cuando Marco superó con la lengua la barrera de sus dientes y la saboreó a fondo, Virginia supo que aquello era lo que había estado esperando.

¿Cómo podía echar tanto de menos a Marco cuando no estaba?

–La atención que obtengo disminuirá espectacularmente en cuanto acabe la temporada –dijo Marco cuando apartó la cabeza.

Al principio, Virginia no supo de qué estaba hablando. Quería tomarlo de la mano y llevarlo al tranquilo rincón del jardín en el que había un banco de mármol y suficiente intimidad como para que pudieran hacer el amor.

–¿Qué?

Marco sonrió.

–¿En qué estás pensando?

–En hacerte el amor.

–¿En serio?

–Totalmente en serio.

–Sí –mientras Marco había estado fuera, Virginia no había dejado de pensar en que lo único que tenía era la parte física de Marco, y que eso era lo único que podía reclamar. Y con aquel pensamiento surgió la idea de que, tal vez, si jugaba sus cartas bien, el deseo que había entre ellos podría desembocar en algo más. Algo duradero. Y entonces ya no volvería a estar sola.

Cuando deslizó una mano por el pecho de Marco, él se la tomó y la llevó hasta la bragueta de su pantalón. Virginia acarició su poderosa erección y se puso de puntillas para besarlo en la barbilla.

—Tenemos una cita para cenar —dijo Marco.

—¿Con quién?

—Con mis hermanos —Marco retiró la mano de Virginia de su cuerpo—. Necesitamos hablar.

—¿Ahora?

—Desafortunadamente, sí. Luego podrás seguir seduciéndome.

Virginia sonrió.

—¿De qué necesitamos hablar?

Marco la tomó de la mano y entraron en el cuarto de estar.

—¿Quieres algo de beber?

Virginia alzó una ceja.

—¿Voy a necesitarlo?

Marco se encogió de hombros sin decir nada.

—En ese caso, tomaré un Pellegrino con un poco de lima.

—Siéntate mientras preparo las bebidas.

Virginia se sentó pensando que estaba siendo demasiado dócil. Pero no tenía otra opción. En realidad, apenas había tenido opciones en su vida, y de pronto aquello empezaba a ser una carga. ¿Cuánto tiempo iba a tener que permitir que las acciones de otros dictaran su vida?

Se levantó, dispuesta a entrar en acción.

—¿De qué se trata, Marco?

Él se volvió con las bebidas y le entregó una.

—Siéntate para que podamos hablar.

—Tengo la sensación de que quieres reñirme —dijo Virginia antes de tomar un sorbo. Trato de encauzar sus pensamientos, pero Marco estaba muy cerca de ella y lo único que quería era que hubiera paz entre ellos, para que su atracción siguiera creciendo...

«¡Oh, no!», pensó. Se estaba enamorando de Marco Moretti. Y para él ella no era más que una querida para pasar el verano, una mujer con la que había firmado un contrato para mantener relaciones sexuales hasta que se quedara embarazada.

—No tengo intención de reñirte —dijo Marco.

—¿Y de qué quieres hablarme?

—Ha habido una filtración en Moretti Motors. Ha aparecido información nuestra en los despachos de nuestros competidores y necesitamos averiguar cómo ha sucedido.

—¿Y eso qué tiene que ver conmigo?

—La información empezó a filtrarse hace aproximadamente tres semanas.

Virginia permaneció un momento en silencio.

—No entiendo... —al darse cuenta de lo que podía estar sugiriendo Marco, se interrumpió y dejó su vaso en la mesa—. ¿Crees que yo soy la espía?

—¿Lo eres?

Capítulo Ocho

Marco observó el rostro de Virginia en busca de alguna reacción. Al principio pareció encerrarse en sí misma, pero enseguida vio enfado en su expresión. Pero el enfado no implicaba necesariamente inocencia. Sin embargo, intuía que Virginia era inocente.

Por un lado, apenas había mostrado interés por Moretti Motors, aunque tal vez ése fuera su plan.

–¿Vas a contestarme? –preguntó mientras se acercaba al bar para servirse otra bebida.

–¿Hablas en serio? ¿De verdad piensas que estoy entregando información a otra empresa?

–Hablo en serio –contestó Marco mientras se volvía hacia ella. En realidad nunca se había fiado de ninguna mujer. Tal vez ése era el motivo por el que sus relaciones duraban tan poco. Siempre lo había achacado a que pasaba demasiado tiempo en los circuitos.

–No sé nada de tu negocio, y en realidad me da igual. La obsesión que tenéis los Moretti por Moretti Motors es perjudicial para vuestras vidas. Creo que mi abuela tuvo algo de razón cuando maldijo a tu abuelo.

Marco no sabía adónde quería ir a parar Virginia con aquello, aunque no pudo evitar preguntarse si habría cierta vacuidad en estar tan obsesionados con la empresa. A sus padres nunca les había importado que Moretti Motors no fuera una empresa líder en el diseño de automóviles, y eran muy felices juntos.

—De manera que mi familia merecía recibir la maldición.

—No quería decir eso.

—¿Y qué querías decir?

—Sólo que los hombres Moretti parecen pensar que el mundo gira en torno a su fábrica de coches.

No deberías generalizar con mis hermanos. A fin de cuentas, apenas los conoces.

—Por lo que he visto hasta ahora, está bastante claro que apenas pensáis en otra cosa que en la empresa. Hay algo más en la vida que tener la mejor marca de coches de Italia.

—Somos la mejor marca del mundo.

Virginia alzó las manos, exasperada, y se apartó de Marco. Éste se planteó la posibilidad de seguir presionándola con el tema hasta que se hartara y se fuera. No necesitaba la distracción que representaba Virginia. No necesitaba la vulnerabilidad que había descubierto en sí mismo al encariñarse de ella.

¿Cuándo había sucedido? En ningún momento había pretendido que Virginia llegara a suponer para él algo más de lo que habían supuesto las otras mujeres con las que se había relacionado. Pero estaba claro que aquélla no era una relación como las otras.

Por eso le importaba tanto su respuesta a la pregunta que le había hecho. Quería poder confiar en ella.

–Contesta a la pregunta, Virginia. ¿Has pasado información a alguien de nuestro nuevo Valerio?

–¿Qué es eso?

–Un nuevo coche de lujo. El más veloz y uno de los más caros del mundo. Vamos a lanzarlo a finales de año… pero eso ya lo sabías, ¿no?

Virginia se acercó a Marco y se detuvo ante él con las manos en las caderas.

–No, no lo sabía. Ni siquiera sé quiénes son vuestros competidores.

–¿Te ha hecho preguntas alguien sobre el Valerio?

–No. Además, ¿cómo iba a obtener la información?

–Podrías haberla obtenido de mi ordenador o de los fax que recibo de la oficina central.

–Es obvio que has estado pensando mucho en ella. ¿Y para qué iba a hacer yo algo así?

–Esa información vale mucho dinero –dijo Marco.

–No necesito dinero, Marco –replicó Virginia, irritada.

–Pero los estadounidenses están obsesionados con el dinero.

–Del mismo modo que los Moretti estáis obsesionados con Moretti Motors. Pero ése es un camino que sólo lleva al vacío, Marco, y yo no estoy interesada en llevar una vida vacía. ¿No has aprendido nada sobre mí en las semanas que llevamos juntos?

Marco tomó a Virginia por la muñeca y la atrajo hacia sí. Ella trató de apartarse.

–Aún estoy enfadada contigo.

–Lo sé –dijo Marco. Pero le había excitado ver la pasión y el enfado que brillaba en los ojos de Virginia y, ahora que sabía que no era la espía que buscaban, volvía a desearla.

–Creo que me debes una excusa –dijo ella.

Marco se inclinó y la besó seductoramente.

–Has herido mis sentimientos –murmuró Virginia cuando él se apartó.

–¿En serio?

–Sí. Y no me gusta. No quiero que tengas el poder de hacerme daño, pero ya lo tienes.

Marco la retuvo entre sus brazos. Nunca había pensado en Virginia como en alguien frágil. La forma en que se había acercado a él para tener un hijo suyo hablaba de fuerza, no de fragilidad.

–Lo siento –dijo finalmente–. Nos conocemos hace poco, pero sé que no me mentirías sobre tu implicación en algo así.

Volvió a besarla, tratando de decir con sus actos las cosas para las que no tenía palabras. No podía, no debía revelarle que le había hecho sentirse vulnerable. Los hombres vulnerables cometían errores porque tenían algo que perder.

Estaba empezando a darse cuenta de que podía perder algo más que dinero para Moretti Motors. Debía buscar un modo de aislarse de los sentimientos que Virginia evocaba en él.

Virginia no quería dejar de estar enfadada con Marco, pero no pudo evitarlo. La vida era muy breve y el tiempo que iba a pasar con Marco era limitado, de manera que dejó que su enfado se desvaneciera. Sabía que Marco le había preguntado aquello porque apenas la conocía. Era difícil llegar a desarrollar una confianza total en sólo cuatro semanas, pero Virginia esperaba que se estuvieran encaminando hacia ello. Pasara lo que pase entre ellos como pareja, sabía que cuando tuvieran un hijo tendrían que depender y confiar el uno en el otro.

Lo rodeó con los brazos por el cuello y lo atrajo hacia sí a la vez que apoyaba la cabeza en su hombro. Quería simular que enamorarse de Marco no iba a afectarla negativamente, pero ya lo estaba haciendo. Estaba cambiando en un esfuerzo por agradarle, y dejar que se desvaneciera su enfado no era más que un detalle entre otros.

—*Mi scusi, il signore Moretti* —dijo Vincent desde el umbral de la puerta.

A Virginia le gustaba el mayordomo de Marco. Viajaba siempre con él y se aseguraba de que Marco tuviera todo lo que necesitaba.

—¿Sí, Vincent?

—Sus padres esperan en el estudio.

—Dígales que enseguida vamos.

—*Sì, signore.*

Vicente salió.

Virginia se sentía reacia a conocer a los padres de Marco. Éstos ya debían de saber que su abuela era la responsable de su maldición familiar.

—Creo que antes voy a arreglarme un poco.

—Así tienes muy buen aspecto. No necesitas hacer nada.

–Sí necesito hacer algo. Quiero conocer a tus padres con el mejor aspecto posible –dijo Virginia.

Marco se inclinó para besarla y ella se dejó envolver por su calidez. Se sentía segura con él, lo que era absurdo, teniendo en cuenta que podía arruinar su vida.

–Así estás muy guapa y mis padres no son nada frívolos.

Virginia ya había intuido aquello. Marco no sería el hombre que era de no haber sido criado por unos padres extraordinarios.

–¿Saben que soy la nieta de Cassia?

–Sí, lo saben. ¿Pero eso qué importa?

Virginia se apartó de él. Marco nunca podría entender la amargura que había sentido su abuela hacia la familia Moretti. Y era imposible que los Moretti no sintieran lo mismo hacia ella, que no les afectara el hecho de que su abuela hubiera arruinado la posibilidad de que disfrutaran de una felicidad completa.

–¿En qué estás pensando?

–¿Por qué?

–La expresión de tus ojos se ha entristecido de repente.

–Estaba pensando que, si mi abuela no hubiera maldecido a Lorenzo, tu familia y la mía serían más felices ahora. Sabiendo eso, me cuesta la idea de conocer a tus padres.

–Mis padres son la pareja más feliz que puedas encontrar. No sienten la carga de la maldición.

–¿Estás seguro?

–Totalmente. Creo que mi padre no tiene ningún conflicto porque siempre ha seguido los dictados de su corazón, no como hizo mi abuelo.

Aquellas palabras hicieron que Virginia tuviera un momento de clarividencia respecto a la maldición. ¿Y si en realidad no era una maldición contra la felicidad, sino que tenía que ver con no saber en realidad lo que uno quería? Cassia y Lorenzo habían querido cosas distintas de la vida.

Cassia quería a Lorenzo y necesitaba que éste se sintiera feliz con su amor y viviendo en su pequeño pueblo. Lorenzo necesitaba que Cassia comprendiera su amor por los coches y la velocidad y su necesidad de hacer fortuna antes de casarse con ella. En realidad, Lorenzo amaba los coches y las carreras más de lo que nunca habría llegado a amar a Cassia.

Verónica se preguntó si estaría siguiendo los pasos de su abuela al enamorarse de un hombre que nunca podría enamorarse de ella.

–Ven a conocer a mis padres –insistió Marco–. Creo que podrás comprobar que no son precisamente infelices. Mi padre es totalmente feliz con mi madre. Le gustan los coches, pero, como me dijo cuando yo tenía ocho años, no hay nada en el mundo que pueda competir con la sonrisa de mi madre.

–¿De verdad te dijo eso?

–Sí. Y a continuación besó a mi madre cuando vino a traernos una limonada. Para un niño de ocho años resultó algo bastante grosero.

–¿Qué resultó grosero? –preguntó Virginia, sorprendida.

–Que se besaran –dijo Marco con una sonrisa. A continuación atrajo a Virginia hacia sí y la besó.

Susurró algo en italiano que ella no pudo traducir y, aunque no quiso pararse a pensar en ello, sintió que Marco también empezaba a encariñarse con ella. Sabía que nunca podría llegar a ser más que algo secundario en su vida, pero en ese momento se preguntó si no fue ése el error que cometió Cassia con Lorenzo: no comprender que podía seguir amándolo a pesar de que él amara algo por encima de ella.

–*Ciao, mammu e pupa* –dijo Marco cuando entraron en la sala de estar. Virginia seguía un poco reacia a conocer a sus padres, pero estaba a su lado.

Su padre estaba sentado ante un ordenador y su madre estaba apoyada en la mesa junto a él. Ambos contemplaban la pantalla.

–*Ciao, figlio* –dijo su madre–. Tu padre está tratando de enseñarme la nueva página web de Moretti Motors. ¿Tú la has visto?

–Todavía no. ¿Qué sucede, papá? –preguntó Marco–. Quiero presentaros a Virginia Festa. Virginia, te presento a mis padres, Gio y Phila.

–Es un placer conoceros.

–Nosotros también nos alegramos de conocerte –dijo Phila antes de abrazar y besar a su hijo.

Marco le devolvió el abrazo y luego miró por encima del hombro de su padre para ver cuál era el problema. Su padre no era precisamente un experto en ordenadores.

–Ciao, Virginia –saludó Gio–. Creo que he escrito la contraseña correcta, pero…

–Déjame ver qué has escrito –dijo Marco a la vez que empezaba a pulsar botones del teclado.

Gia se llevó a Virginia aparte y empezaron a hablar tranquilamente.

Marco siempre había sido consciente de que sus padres eran especiales. Tenían ese algo que hacía que siempre le agradara estar con ellos.

Aquello no significaba que no hubiera tenido sus problemas con ellos en la adolescencia, pero siempre había sido consciente de que sus padres sentían un amor firme como una roca por sus hermanos y por él.

El teléfono de Virginia sonó en aquel momento y se excusó para contestar. Aunque estaba en excedencia de su trabajo de profesora de antropología, los alumnos seguían llamándola de vez en cuando para pedirle su experta opinión. Marco estaba impresionado con sus conocimientos y la buena relación que tenía con sus colegas y alumnos.

–Es una chica muy agradable, Marco. No me lo esperaba –dijo Phila.

–¿Y qué esperabas, mamá?

–No lo sé. Sólo quería asegurarme de que estabas bien y de que esa chica no se estaba aprovechando de ti.

Gio se levantó y pasó un brazo por los hombros de Phila.

–Antonio nos ha hablado del espía y de las sospechas de Dom, así que hemos pensado que ya era hora de conocer a la chica.

—¿Y por eso habéis venido a Montecarlo?

—Por eso y porque le había prometido a tu madre una semana en nuestro yate.

—Estamos preocupados por ti y por tus hermanos, Marco —dijo Phila.

—No tenéis por qué preocuparos. Ya sois mayorcitos.

—Eso ya lo sé. ¿Qué tal va el asunto de la maldición?

—¿Me estás preguntando por mi vida amorosa, mamá?

Phila se ruborizó y golpeó juguetonamente a su hijo en el brazo.

—No, claro que no. En realidad no quiero que traigas un hijo al mundo sin amar a la madre. Háblanos de Virginia. ¿Porqué quiere acabar con la maldición? Cassia nunca quiso hacerlo, desde luego.

—¿Cómo lo sabes?

—Tu abuelo fue a verla cuando y había cumplido los cincuenta y trató de recuperar la confianza que habían perdido, pero Cassia se negó.

Marco no sabía que Lorenzo había hecho aquello.

—No sé Cassia, pero Virginia me ha dicho que las mujeres de su familia se habían visto condenadas a vivir vidas solitarias carentes de amor. Piensa que, si tiene un hijo mío, los Moretti y los Festas se verán libres de la maldición.

—¿Te gusta? —preguntó Phila.

—Por supuesto, mamá. Es una chica lista y muy sexy.

–¿Seguiréis juntos después de tener el bebé?

–No creo, mamá. Ya os dije que Virginia cree que, si nos enamoramos, no nos libraremos de la maldición.

–Eso no me gusta –dijo Gio–. Queremos tener la oportunidad de conocer a nuestro nieto.

–Tendremos la custodia compartida, de manera que podréis ver al bebé.

–¿Pero cómo van a funcionar las cosas? Parece un poco tonto tener un hijo sabiendo que no vas a seguir con la madre –dijo Phila–. ¿Has pensado bien lo que vas a hacer, Marco?

–Sí, mamá. He pensado mucho en ello. Si tengo un hijo, la maldición se romperá.

–¿Estás seguro de que Virginia no está interesada en la fortuna de los Moretti?

–No, señora Moretti, no estoy interesada en el dinero de Marco –dijo Virginia, que en aquel momento volvió a entrar en la sala.

Phila y Gio se volvieron a mirarla.

–Todo esto no tiene demasiado sentido para mí –dijo Phila.

–Si hubiera otra forma de romper la maldición, la utilizaría. Pero me temo que no la hay.

Phila apoyó las manos en las caderas mientras miraba a Virginia.

–¿Cómo llegaste a esa conclusión? Cuando Marco nos informó del plan que teníais pensé que era una locura.

–Mi abuela y mi madre perdieron a sus hombres antes de poder casarse con ellos. Ambas estaban embarazadas cuando sus amantes desaparecieron y ninguna de las dos volvió a amar ni a ser amada desde entonces.

—Siento que sus vidas fueran tan solitarias —dijo Gio—. ¿Pero cómo llegaste a la conclusión de que las cosas se arreglarían si tenías un hijo de Marco?

—Estudié la tradición Strega que Cassia utilizó para maldecir a Lorenzo y averigüé que la maldición también afectaba a quien la hacía. Hasta que se rompa, los descendientes de los Festa no encontrarán la felicidad en el amor. Y estoy cansada de estar sola. La única forma de arreglarlo es que tenga el hijo de un Moretti.

Capítulo Nueve

Después de Monte Carlo y de pasar tiempo con
la familia de Marco, Virginia sintió que nada volvería a ser nunca tan intenso. La cena con los hermanos había sido agradable y le sirvió para comprobar una vez más lo unidos que estaban. Resultó
evidente que Dom quería asegurarse de que no
era la espía, pero, para cuando finalizó la velada,
Virginia estaba segura de que ya se había convencido de que lo único que le interesaba era Marco y
cómo romper la maldición de sus familias.

A pesar de todo, los Moretti mantuvieron las
distancias con ella. No fueron groseros ni nada parecido, pero era evidente que no se fiaban de que
no fuera a hacer daño a Marco.

Pero Virginia consideraba que era una tontería
pensar en aquella posibilidad. Marco no era la
clase de hombre que permitía que una mujer
le hiciera daño. Se aseguraba de que sólo partici-
para en dos áreas de su vida: en la cama, para hacer el amor, y en público, ante las cámaras, donde
se comportaba con ella como si fuera su nuevo ju-
guete… cosa que Virginia suponía que era.

El viaje a Canadá fue agradable. Virginia dis-
frutó de su estancia en Montreal y Marco se tomó
dos días libres para conocer su casa en Long Is-

land. Hicieron el amor en la habitación de Virginia, en el dormitorio de la casa en que creció.

Después fueron a Francia, donde se encontraban en aquellos momentos. Estaban a finales de junio e iba a correrse el Gran Premio de Francia, en Magny-Cours. Se alojaban al sur de París, una zona que gustaba a Virginia. Algunos aficionados a las carreras eran amables con ella. Otros pensaban que suponía una distracción para Marco y dejaban claro que preferirían que lo dejara en paz para que se concentrara en las carreras.

Se alojaban en el castillo de un amigo de Marco, Tristan Sabina, un castillo que parecía sacado de un cuento de hadas y que se hallaba en el valle del Loira.

Virginia sospechaba que estaba embarazada. Le había pedido a Vicente que le comprara una prueba de embarazo. Estaba a la vez esperanzada y asustada ante el resultado que fuera a dar.

Cada día estaba más enamorada de Marco. Eran las pequeñas cosas que hacía, cosas que probablemente no significaran nada para él, como comprarle un libro de poemas de Robert Frost, poeta que encantaba a Virginia, o sentarse con ella en el balcón por las noches a hablar de las constelaciones y sus leyendas.

Ella había encargado por Internet un libro de leyendas rusas para él y se suponía que iban a entregarlo ese mismo día. Sabía que iba a gustarle y eso le agradaba.

Una parte de ella sabía que lo que tenían no era real, pero estaba disfrutando mucho del tiempo que estaban compartiendo.

Oyó que llamaban a la puerta de la habitación. Fue a abrir y encontró a Vincent en el umbral.

–*Ciao*, Vincent.

–*Ciao*, señorita Virginia. Tiene una visita esperando abajo.

–¿Quién es?

–La señorita Elena.

La prometida de Keke. No habían hablado desde que estuvieron en Barcelona, cuando Elena le advirtió que no quería que hiciera daño a Marco.

–Enseguida bajo a verla. ¿Dónde está?

–Le he pedido que espere en el jardín. Sé que a usted le gusta estar fuera.

–*Grazie*, Vincent.

Vincent se fue y Virginia se tomó unos minutos para arreglarse el pelo y asegurarse de que estaba presentable. No podía competir con la belleza de la ex modelo de *Sports Ilustrated*, pero no pensaba dejarse intimidar por su aspecto.

Cuando salió al jardín encontró a Elena sentada en un banco. Elena sonrió al verla.

–Gracias por recibirme.

–De nada. ¿A qué se debe tu visita?

–Vengo por dos motivos.

Virginia se inquietó ligeramente al escuchar aquello.

–¿Y cuáles son?

–Primero quiero disculparme. Estaba preocupada por Marco y no debí seguirte como lo hice cuando estuvimos en Cataluña.

–No hay problema. Me parece muy bien que te preocupes por el bienestar de Marco.

Elena sonrió de nuevo.

—No tengo muchas amigas porque soy un poco... bueno, Keke dice que tengo un carácter muy fuerte, pero otros piensan que soy un poco bruja, y estoy segura de que eso es lo que te parecí a ti.

Virginia le devolvió la sonrisa. En realidad pensaba que Elena era una mujer muy agradable que se preocupaba de verdad por aquéllos a los que consideraba sus amigos.

—Claro que no —dijo—. Deja de preocuparte por lo que dijimos cuando estuvimos en España.

Bien. El otro motivo por el que he venido es para ver si quieres sentarte conmigo en la carrera el fin de semana.

—Hum... no sí iré.

—Creo que a Marco le preocupa que no vayas. Cuando Keke y yo hemos hablado de ello me he dado cuenta de que tal vez no te sentías cómoda con las demás esposas y novias de los corredores porque no conoces a nadie... así que quería invitarte a que te sentaras conmigo.

—Me gustaría, pero lo cierto es que no lo paso bien cuando Marco corre. No dejo de pensar que podría perder el control del coche y sufrir un accidente.

—A mí me pasa igual, pero nuestros hombres saben lo que hacen. Llevan toda la vida corriendo. A veces tengo la sensación de que sólo se sienten vivos tras un volante.

Virginia y Elena siguieron charlando, pero una parte de la mente de Virginia no dejaba de pensar que Elena había mencionado su auténtico temor: que Marco no fuera capaz de amar otra cosa que la velocidad que encontraba tras el volante de su vehículo.

Desde que había empezado a vivir con Virginia, Marco había iniciado un nuevo rito la noche anterior a las carreras. Cenaba a solas con ella bajo las estrellas mientras hablaban sobre cualquier tópico intrascendente. Ambos evitaban mencionar su familia o su pasado.

Aquella noche, cuando salió al jardín, vio que la mesa estaba dispuesta para cuatro, no para dos. Sobre la mesa había un envoltorio con su nombre y una nota de Virginia en la que decía que lo esperaba en el laberinto del jardín.

Aquella villa había sido de sus abuelos y, aunque apenas recordaba a su abuela, tenía recuerdos muy felices de la época que pasó allí de niño. Sus hermanos y él pasaban interminables horas en el circuito del Grand Prix, y sus padres, que nunca parecieron especialmente interesados en las carreras, asistían a éstas a pesar de que hacía tiempo que el abuelo había dejado de correr.

–¿Dónde estás, Virginia? –preguntó mientras avanzaba por el jardín

Marco estaba familiarizado con el laberinto desde pequeño y sabía que en él había muchos bancos y rincones ocultos en que perderse. Recordaba que mantuvo su última conversación con su abuelo en aquel jardín, en un banco del centro, cerca de la fuente adornada con una reproducción en piedra de su coche de carreras.

—Ven a buscarme —la voz de Virginia llegó desde algún rincón del laberinto. Marco captó un matiz de risa en ella.

—¿No somos un poco mayorcitos para jugar al escondite? —preguntó Marco mientras avanzaba.

—¿Lo somos?

Normalmente a Marco no le gustaban los juegos. Su vida no se prestaba a aquella clase de diversiones, pero con Virginia estaba descubriendo en su interior a un hombre diferente. Ya no era el conductor de Fórmula 1 exclusivamente centrado en la velocidad y en ganar.

—Esperaba hacer el amor con mi mujer, pero si prefieres estos juegos de niños…

Virginia rió. Marco sonrió. Por lo que había llegado a saber sobre ella, su vida no había sido precisamente feliz. Y, por tonto que fuera aquel juego, no le importaba hacer aquello por ella.

Además, estaba intrigado. Virginia le había hecho un regalo y quería averiguar qué era.

—Marco… —dijo ella con suavidad, y Marco notó que había dejado de moverse.

—¿Sí?

—Se supone que tienes que decir «Polo».

—¿Por qué?

—Es un juego de escondite que los niños juegan en la piscina.

Marco estaba seguro de haber localizado el sitio en que se escondía Virginia, pero aún no quería que terminara el juego.

–Pero también es mi nombre.

–Lo sé. Me preguntaba si habías jugado alguna vez a ese juego de pequeño.

Marco sonrió para sí al darse cuenta de que Virginia había olvidado las reglas de su propio juego. Tal vez incluso había olvidado que se estaba escondiendo de él.

Rodeó un matorral de buganvillas y salió al sendero empedrado que llevaba a un pequeño hueco que había en un alto seto del laberinto.

–No. Pasaba casi todo el tiempo viendo *Speed Racer* y construyendo coches de carreras con mis hermanos en el garaje.

–¿Coches? ¿Por qué no me sorprende? –preguntó Virginia, pero su voz volvió a moverse.

–¿Me estabas distrayendo, *mi'angela*?

–¡Sí!

Había una alegría en la voz de Virginia que Marco no había experimentado en su propia vida hacía mucho tiempo. De pronto comprendió que ni siquiera ganar otro campeonato le daría aquella alegría. Aquello era lo que faltaba en su vida. No estaba solo. ¿Cómo iba a estarlo con una familia como la suya? Pero había olvidado lo divertido que era simplemente conducir, cuando ganar una carrera significaba algo más que añadir una muesca a su lugar en la historia. Era posible que batir el récord de campeonatos le devolviera la alegría de conducir, pero… ¿y si no lo batía?

Durante mucho tiempo había basado sus esperanzas en el hecho de que el afán de correr circulara siempre por sus venas, pero estaba descubriendo que tal vez no era así.

No dijo nada más y apartó aquellos pensamientos de su mente. No le iban a servir de nada aquella noche, ni al día siguiente en el circuito.

Permaneció muy quieto, escuchando. Oyó el roce de unos zapatos sobre el empedrado y dedujo que Virginia volvía a moverse.

Giró hacia donde creía haberla oído pero encontró el sendero vacío.

De pronto sintió que el aire cambiaba tras él y los brazos de Virginia lo rodearon antes de que le cubriera los ojos con las manos.

—¡Adivina quién soy!

Marco la tomó de las manos y se las besó antes de volverse. Cuando la miró comprendió que la felicidad que estaba buscando se hallaba allí mismo. Y también comprendió que se había enamorado de aquella mujer.

Tras haber decidido que debía limitarse a disfrutar al máximo del tiempo que le quedara con Marco, Virginia estaba de buen humor. Pero aunque él la besó con toda la pasión que solía demostrarle, percibió algo oscuro y difícil de definir en su mirada.

La vida raramente salía como uno la había planeado. Ella sabía eso, pensó, molesta consigo misma. ¿Acaso no había aprendido nada durante su infancia?

—¿Por qué te has escondido en el laberinto?

—Quería tener la oportunidad de estar a solas contigo antes de que llegaran Keke y Elena a cenar?

–¿Has invitado a mis amigos a cenar?

–Sí. ¿Te parece bien?

–Claro, pero estoy un poco sorprendido. Hasta ahora no te has mostrado especialmente interesada en la parte de mi vida relacionada con las carreras.

–No quería que pensaras que estoy contigo por la atención que obtienes vayas donde vayas –dijo Virginia–. Una vez vi un programa en la televisión sobre algunas mujeres que contrataban a fotógrafos para que las siguieran cuando salían a los clubes nocturnos para parecer famosas.

Marco puso los ojos en blanco.

–¿Eso era en Europa?

–No. En Estados Unidos. A la gente le gusta llamar la atención.

–Pero a ti no.

–No –Virginia tomó a Marco de la mano y lo llevó hacia el rincón en que tenía preparado un cubo de hielo con una botella de champán y dos copas.

–¿Qué es esto?

–Quería que esta noche fuera memorable para los dos porque… –Virginia se interrumpió. ¿Cómo iba a decirle que estaba embarazada y que ya no había necesidad de que siguieran juntos? Nunca había tenido problemas para decir lo que pensaba, pero lo cierto era que no quería que su tiempo con Marco terminara.

¿Para qué había organizado aquella celebración? Empezaba a sentirse vulnerable y un poco estúpida. Marco sacaría sus deducciones y comprendería que lo que quería era seguir con él.

–¿Qué tratas de decirme? –preguntó él, mirándola atentamente.

Virginia se encogió de hombros y comprendió que aún no quería decir nada sobre su embarazo.

–Que tenemos que brindar –dijo. Sabía que el alcohol no era conveniente para los embarazos, de manera que planeaba tomar tan sólo un sorbo de champán.

–¿Celebramos algo? –preguntó Marco.

Virginia se preguntó si ya sospecharía que estaba embarazada. Ya hacía casi diez días que sentía náuseas.

–Sí. El magnífico tiempo que has hecho hoy en los entrenamientos.

–Es cierto. Pero para eso me pagan.

Virginia arqueó una ceja.

–¿En serio?

–Eso es lo que suele decir Antonio. Que me pagan para ser el mejor de manera que el nombre Moretti sea mencionado en todo el mundo a la altura de Lamborghini o Andretti.

–Creo que tu hermano se toma demasiado a la ligera tus logros. Deberían estar alabándote por lo bien que haces tu trabajo. Vamos a brindar por tu nuevo récord.

Marco sirvió champán en dos copas y ofreció una a Virginia.

–Por cumplir con nuestro deber.

Brindaron y Virginia tomó un pequeño sorbo del burbujeante líquido.

–He visto un paquete con mi nombre en la mesa…

Virginia sonrió.

–Te he comprado un pequeño obsequio. Es una pequeña muestra de agradecimiento por el regalo de estos días que hemos pasado juntos.

–Yo también he disfrutado de estos días –Marco tomó a Virginia de la mano y la llevó hasta el banco de mármol, donde se sentaron.

Cuando se volvió a mirarla, Virginia intuyó que había llegado el momento que temía, el momento en que iba a decirle que en realidad ya no había motivo para que siguieran juntos.

Sintió que se le hacía un nudo en el estómago y estuvo a punto de levantarse para irse. Dijera lo que dijese Marco, para ella no podía haber un final feliz de aquella relación. Romper la maldición había parecido algo sencillo cuando había planeado cómo hacerlo. Pero la realidad de Marco lo había cambiado todo. Había hecho desaparecer su red de seguridad y la había vuelto vulnerable. Cuando miró sus oscuros e intensos ojos supo con certeza que no quería dejarlo, que lo único que deseaba era seguir siempre a su lado.

Durante su adolescencia siempre había creído que cuando se librara de la maldición conocería a un buen hombre del que se enamoraría y con el que sería feliz siempre. Pero ahora sabía que eso no iba a suceder. Nunca iba a conocer a otro hombre como Marco, al que ya había entregado su corazón…

–¿Por qué me miras así? –preguntó Marco.

–¿Cómo?

–Como si estuviera a punto de hacer algo que fuera a dañarte. No me gusta que te entristezcas…

–No estoy triste –dijo enseguida Virginia, y era cierto. Tenía un sentimiento agridulce–. ¿Qué ibas a decirme, Marco?

Él se frotó la parte trasera del cuello.

–Quédate conmigo hasta que termine la temporada de carreras. Sé que dijimos que sólo te quedarías hasta que estuvieras embarazada, pero, lo estés o no, me gustaría que siguieras viajando y viviendo conmigo hasta octubre.

–Eso me gustaría –Virginia respiró profundamente antes de añadir–: Hoy me he hecho una prueba del embarazo.

Marco se quedó muy quieto.

–¿Por qué no me lo has dicho enseguida?

Virginia bajó la mirada.

–No encontraba las palabras. Estoy embarazada.

Marco sonrió.

–Excelente. Eso significa que estamos en camino de romper la maldición.

–También significa que no tenemos motivo para seguir juntos.

–Quiero que te quedes conmigo. Ahora somos amigos, ¿no?

–Sí –contestó Virginia, que añadió, indecisa–: ¿Significa eso que no seguiremos siendo amantes?

Marco negó con la cabeza.

–No quiero que cambie la vida que llevamos. Podemos vivir juntos hasta que nazca el niño y compartir a partir de entonces la custodia que hemos acordado.

Virginia sintió que había conseguido un aplazamiento, que contaba con una pequeña esperanza para el futuro… para un auténtico futuro con Marco y el destello de vida que ya palpitaba en su interior.

Capítulo Diez

Marco ganó en Francia, fue segundo en el Grand Prix británico y volvió a ganar en Alemania. Ahora estaban en Budapest, una ciudad que siempre le había gustado mucho.

Virginia había confirmado su embarazo y, tras un pequeño susto, Marco había contratado a un médico para que viajara con ellos.

En aquellos momentos estaba en el circuito, evitando a Keke y a sus hermanos. Era extraño. Todos querían hablar de lo mismo: de Virginia. Pero mientras Keke pensaba que tener una mujer en su vida era lo mejor que podía sucederle, Dom y Antonio opinaban que estaba poniendo su futuro en peligro.

Sus hermanos lo habían arrinconado la noche anterior para decirle que, si seguía con Virginia, corría el peligro de enamorarse y, por tanto, de poner en peligro a la empresa.

Marco se sentía en un punto intermedio entre la opinión de Keke y sus hermanos. No le gustaba la nueva vulnerabilidad que sentía desde que Virginia estaba en su vida. Pedirle que se quedara con él durante el resto de la temporada había sido una decisión fácil. Ya había tenido queridas antes. Pero había esperado que sus sentimientos por ella se fueran apagando, como había sucedido con las otras.

Sin embargo, sus sentimientos se estaban volviendo más y más intensos. La echaba de menos cuando no la tenía cerca. Virginia casi nunca acudía al circuito, y Marco se preguntaba a veces por qué no quería verlo correr.

Reconocía que en realidad nunca había conducido para nadie más que para sí mismo. Aunque Antonio y Dominic le decían a menudo que era su deber conducir y ganar, Marco lo hacía por sí mismo. Necesitaba ganar a todo el mundo y obtener los halagos y la adulación que conllevaba la victoria.

Contempló el garaje en que se encontraba y comprendió que aquél era el único sitio del mundo en que nadie esperaba nada de él. Se esperaba que ganara cuando estaba en la pista, pero allí, en el garaje, con su coche cerca y el olor a neumáticos y a aceite impregnando el aire, no era más que otro conductor.

—¿Marco Moretti?

Marco se volvió y vio a un hombre en la entrada del garaje.

—¿Sí?

—Soy Vincenzo Peregrina, del periódico *Le Monde*. Me gustaría hablar con usted unos minutos.

Marco miró a su alrededor, en busca de su jefe de equipo, pero aquella tarde se había ido todo el mundo. Si no se hubiera ocultado allí con la esperanza de evitar a sus hermanos, no se habría visto arrinconado.

—Ahora mismo no tengo tiempo, pero puede ponerse en contacto con Moretti Motors y concertar una cita –Marco sacó de su bolsillo una tarjeta y se la entregó al periodista.

–No vengo a hablar de Moretti Motors.

–Entonces, ¿de qué quiere hablar? –a Marco no le importaba conceder entrevistas, y consideraba que los medios de comunicación solían ser muy útiles, pero aquel hombre no formaba parte del entorno con que solía tratar.

–De la joven que viaja con usted.

–No trabaja para *Le Monde*, ¿no?

Vincenzo se encogió de hombros.

–¿Me habría dirigido la palabra si le hubiera dicho que trabajo para la revista *Hello*?

–Lo dudo. Y no pienso hablar con usted sobre ese tema –Marco localizó a Pedro, uno de los miembros del equipo de seguridad que trabajaba en la zona del garaje, y le hizo una seña–. Buenos días, señor Peregrina.

Pedro se acercó con paso firme hacia Vincenzo, pero éste alzó los brazos en señal de rendición.

–Ya me voy. Pero el hecho de que ignore mis preguntas no significa que no vaya a averiguar quién es la chica.

–Sus preguntas no me interesan –dijo Marco, que a continuación salió del garaje y fue a donde tenía aparcado su deportivo. Entró en él y permaneció un rato sentado tras el volante, pensativo. Tal vez había llegado el momento de dejar de evitar a sus hermanos.

No quería que los medios de comunicación empezaran a merodear en torno a Virginia.

Llamó a Dom a su móvil.

–Hola, Dom. Necesito hablar contigo.

–Tengo diez minutos antes de acudir a una conferencia de prensa sobre el nuevo Vallerio.

–¿Has descubierto ya de dónde salen las filtraciones?

–No. Pero Antonio está analizando la información que tenemos y la lista de sospechosos es cada vez más reducida. Cuando sepamos con exactitud la información que tienen nuestros competidores sabremos quién es el espía. ¿Llamabas por eso?

–No. Un periodista de la prensa rosa acaba de preguntarme por Virginia y querría asegurarme de que nadie se acerque a ella ni la moleste. No creo que esté acostumbrada a hablar con la prensa.

–Eso no suele preocuparte.

–¿Qué quieres decir?

–Normalmente dejas que tus mujeres se las arreglen por su cuenta con la prensa.

–Virginia es distinta.

Dom suspiró.

–Eso me temía. Necesitamos vernos en persona, Marco.

–¿Por qué?

–Porque estás olvidando la promesa que nos hiciste a Antonio y a mí.

–¿De qué estás hablando?

–De que te estás colando por ella.

Marco masculló una maldición y su hermano no dijo nada. No estaba dispuesto a admitir ante Dom que ya era demasiado tarde… porque ya estaba totalmente colado por Virginia.

***

Marco llevó a Virginia a cenar en un selecto restaurante y en el trayecto de regreso bajó la capota del coche.

Mientras contemplaba el cielo azul de Budapest, Virginia se relajó y olvidó por un momento sus preocupaciones.

Marco la estaba tratando como si fuera especialmente frágil, como si sintiera que ella y el bebé que llevaba en su interior fueran algo precioso, algo que quería proteger y mantener a salvo.

Volvió la cabeza y contempló su perfil mientras conducía. Marco tomó una de sus manos y le besó la palma antes de dejarla apoyada sobre uno de sus muslos.

—¿En qué estás pensando? –preguntó.

—En que eres un hombre muy protector.

Marco no respondió. Se limitó a mirarla.

—Eso hace que me sienta especial estando contigo –añadió Virginia.

Él volvió a alzarle la mano para besarla.

—Para mí eres muy especial.

—También lo eres tú para mí, Marco. No esperaba que mi búsqueda para liberar a la familia de la maldición fuera a resultar así.

—¿Y qué esperabas?

—Para serte sincera, no lo sé. Tampoco he salido con tantos hombres como para poder compararte.

—¿Y qué tal parado quedo si me comparas con los que has salido?

131

–No hay comparación. Eres mucho más de lo que esperaba encontrar en cualquier hombre.

–Haces que parezca…

–¿Qué? –interrumpió Virginia, preguntándose si habría revelado demasiado. Pero sospechaba que Marco ya debía de haber adivinado la profundidad de su amor por él.

–Que soy alguien mejor de lo que en realidad soy. Por favor, no me tomes por más de lo que soy.

–¿Y qué eres?

–Un Moretti. Mi lealtad estará siempre con los de mi sangre. Mi familia es lo primero, y luego las carreras.

–Y yo estoy en un distante tercer plano.

Virginia ya sabía que Marco no se había colado por ella de la misma forma que ella por él. Él era un hombre de mundo, con una gran experiencia con las mujeres, algo que a ella no le había molestado hasta aquel momento.

–No, no estás en un tercer plano –dijo Marco con firmeza–. En realidad no estoy seguro de dónde encajas. Creo que el hecho de que seas la madre de mi hijo te convierte en familia.

Virginia sabía que Marco no era uno de esos hombres que se sentían cómodos hablando de sus sentimientos. Solía decirle de forma explícita lo que sentía por su cuerpo cuando hacían el amor, pero nunca hablaba de sus emociones.

Marco detuvo el coche ante la puerta del hotel y Virginia salió cuando el portero le abrió la puerta. Marco ya estaba rodeando el coche.

–Disculpe, señora, ¿puedo hablar un momento con usted?

Virginia miró al hombre vestido con pantalones caqui que estaba junto al puesto del portero.

–No, no puede –dijo Marco.

Pasó un brazo por los hombros de Virginia, entraron en el hotel y fueron directamente a recepción.

–Hay un periodista en la entrada que nos está molestando –dijo Marco al recepcionista–. No tiene permiso para hablar con nosotros y no quiero que ningún empleado del hotel le informe de dónde nos alojamos.

–Me ocuparé del asunto de inmediato, señor Moretti. ¿Preferiría trasladarse a alguna de nuestras otras propiedades en Budapest?

–No, no me gustaría. Mañana por la mañana corro y confío en que los encargados de la seguridad del hotel se aseguren de que mi intimidad sea respetada.

–Por supuesto, señor.

Una vez en el ascensor, Virginia se volvió hacia Marco.

–¿A qué ha venido eso?

–El hombre que estaba fuera es reportero de una revista de cotilleos. Está husmeando por ahí para tratar de averiguar quién eres.

–Gracias por preocuparte por mí, pero en realidad no tengo nada que ocultar. No me importa responder a unas preguntas si con ello logro que nos deje en paz.

Marco la rodeó con sus brazos.

–Pero a mí si me importa. No quiero que escriba nada sobre ti. No quiero que todo el mundo esté al tanto de los detalles de mi vida personal.

–Si no te amara ya, Marco, yo… –Virginia se cubrió la boca instintivamente al darse cuenta de lo que acababa de decir–, yo…

Marco la atrajo hacia sí y la besó apasionadamente.

–Me encanta oírte decir que me amas –murmuró contra sus labios.

Marco alzó la cabeza cuando el ascensor se abrieron las puestas del ascensor. Salieron y se encaminaron hacia la puerta de su suite. La confesión de Virginia le hacía sentirse un metro más alto. Había supuesto un alivio averiguar que ella también estaba colada por él, y sentía un impulso totalmente primario de reafirmar sus lazos de unión con ella, de asegurarse de que supiera que era suya…

No estaba seguro de si aquello significaba que la amaba, pero le daba igual. En aquel momento necesitaba hacerle el amor.

Abrió la puerta y condujo a Virginia hasta el balcón de la suite. Quería hacerle el amor con la noche rodeándolos y el cielo de Budapest extendido sobre ellos.

–¿Por qué hemos salido? –preguntó Virginia delicadamente.

–Ya que fueron la luna y las estrellas las que te trajeron a mí, me ha parecido adecuado celebrarlo bajo el cielo nocturno.

–Así que fueron la luna y las estrellas las que me trajeron...

–Puede que fuera magia *strega*, pero los *strega* obtienen su fuerza de la luna y del cielo nocturno.

–Así es.

Era tan preciosa a la luz de la luna... pensó Marco. Su belleza no era una belleza típica, pero había algo en ella que siempre atraía su mirada. Aquella noche, de pie en la penumbra del balcón, con el pelo suelto en torno a sus hombros, estaba deslumbrante.

Marco deslizó un dedo por su mejilla y su largo cuello. Sintió el latido de su corazón bajo los dedos.

–¿Estás excitada?

–Sí.

–Bien –Marco siguió deslizando el dedo hasta alcanzar el borde de su escote.

Virginia se estremeció y sus pezones se excitaron visiblemente contra la tela del vestido. Marco le bajó los tirantes, de manera que el corpiño quedó suelto sobre sus pechos.

–Bájatelo –dijo.

–¿Aquí?

–Sí.

Lentamente, Virginia alzó un brazo y luego el otro, pero mantuvo sus pechos cubiertos con la tela del vestido.

–¿Estás seguro de que quieres que me lo quite? –preguntó.

Marco asintió.

–Totalmente.

Virginia dejó que el corpiño se deslizara de su piel. Sus pechos estaban tensos, sus pezones excitados, buscando su atención. Estaba tan sexy en aquellos momentos que Marco se sintió casi abrumado, pero lo achacó al hecho de que aquel día aún no le había hecho el amor.

Se inclinó para lamer cada uno de sus pezones. Luego sopló delicadamente contra las puntas. Virginia se estremeció y apoyó las manos en su cabeza para retenerlo contra sus pechos. Marco absorbió profundamente uno de sus pezones y se sintió como si allí pudiera encontrar la respuesta a todos los anhelos de su cuerpo.

La rodeó con los brazos por la cintura y la atrajo hacia sí. Cuando trató de bajarle el vestido notó que se quedaba atascado en su cintura. Encontró la cremallera y la bajó. El vestido se amontonó a los pies de Virginia, que salió de él con un pasito. Tan sólo llevaba unas diminutas braguitas verdes y unos tacones altos.

Marco acarició su cuerpo, deslizó las manos por sus costados hasta que alcanzó sus braguitas. Las tomó por los laterales y las bajó por sus piernas.

—Ahora estás como la naturaleza pretendía que estuvieras.

—¿En serio?

—Sí. Eres exquisita. Y no puedo esperar a introducirme profundamente en tu cuerpo y sentir tus sedosas piernas rodeándome.

—Me temo que llevas demasiada ropa para eso —murmuró Virginia.

–En ese caso, desvísteme.

Virginia se tomó su tiempo para hacerlo y, para cuando terminó, Marco sentía que ya no podía contenerse más. La tomó en brazos y entró en el cuarto de estar, donde la tumbó en el sofá.

–Te necesito. Ahora.

Virginia asintió.

–Yo también te necesito, Marco.

–Demuéstrame cuánto.

Virginia separó las piernas y Marco detuvo la mirada en el húmedo brillo de su sexo. Se inclinó lentamente entre sus muslos y sopló delicadamente sobre él antes de acariciarlo con la lengua. Virginia alzó instintivamente las caderas hacia su boca.

Marco saboreó a placer su esencia mientras la retenía por los muslos. Quería derrumbar cualquier barrera que hubiera entre ellos para que Virginia no olvidara nunca aquella noche y la confesión que le había hecho.

Sintió los frenéticos movimientos de sus caderas contra sus labios y luego notó que le clavaba las uñas en los hombros. Alzó la cabeza para mirarla.

Tenía los ojos cerrados, la cabeza echada atrás y los hombros arqueados, de manera que sus pechos sobresalían con sus rosadas cimas. Todo su cuerpo era una cremosa delicia...

Marco volvió a bajar la cabeza y siguió disfrutando de su festín como un hombre hambriento. Utilizó sus dientes, lengua y dedos para llevarla al borde del clímax, pero la retuvo allí con la intención de retrasar el momento hasta que le rogara que siguiera adelante.

Virginia lo tomó por la cabeza mientras empujaba sus caderas hacia él, pero él se retiró para evitar el contacto que anhelaba.

–Marco, por favor…

Marco deslizó con delicadeza los dientes sobre su clítoris y Virginia dejó escapar un prolongado y delicioso gritito mientras el orgasmo recorría su cuerpo. Marco mantuvo los labios en su sexo hasta que ella dejó de estremecerse. Luego alzó la cabeza.

–Ahora es tu turno –murmuró Virginia mientras le hacía sitio a su lado en el sofá.

Marco se quitó los calzoncillos de un rápido movimiento. Virginia tomó su erección en la mano y se inclinó para deslizar la lengua por ella. Marco le sujetó la cabeza, se arqueó en el sofá y penetró su boca, pero cuando se dio cuenta de lo que estaba haciendo, se retiró. Quería estar dentro de ella cuando alcanzara el orgasmo.

Tiró de Virginia para que se irguiera, le hizo ponerse a horcajadas sobre él y la sujetó por las caderas mientras la penetraba profundamente. Sintió que cada nervio de su cuerpo se tensaba y deslizó las manos entre sus cuerpos para acariciarla entre las piernas hasta que sintió que su cuerpo empezaba a tensarse en torno a él.

Alcanzó el clímax rápidamente y siguió moviéndose hasta que su cuerpo se vació.

–Ahora eres mía, Virginia Festa –murmuró con voz ronca.

–Y tú mío, Marco Moretti.

Capítulo Once

Virginia se alegró de volver a Valencia para el Gran Prix europeo, porque su vida con Marco había empezado en España. Elena y ella estaban juntas en la zona de boxes. Las tres semanas transcurridas desde la carrera de Budapest habían sido las mejores de su vida.

Marco y ella habían dado un paso adelante en sus relaciones y, en lugar de estropear las cosas, su confesión había hecho que se sintieran más unidos. Marco le lanzó un beso desde detrás del volante de su coche antes de salir a la pista para una sesión de entrenamiento.

Elena enlazó su brazo con el de Virginia.

—Me alegro tanto por Marco y por ti... Hace tiempo que Marco necesitaba una buena mujer en su vida.

—¿Ah, sí? —preguntó Virginia. Aunque sabía que era una tontería, estaba celosa de las mujeres del pasado de Marco.

—Sí. Él y sus hermanos hicieron ese absurdo juramento y pensé que Marco nunca llegaría a salir con una mujer como tú.

—¿Qué juramento? —Virginia sabía que, excepto los Moretti, nadie estaba al tanto de su contrato con Marco.

–Los Moretti juraron no enamorarse nunca.

Virginia tragó con esfuerzo. Se dijo que aquel juramento no tenía nada que ver con ella. Además, aunque Marco hubiera hecho aquel trato con sus hermanos, ella estaba allí para romper la maldición.

De pronto se oyó el intenso sonido de unas ruedas chirriando sobre el asfalto seguido de un estruendo que hizo que todo temblara en torno a ellas. Ya que estaba de espaldas a la pista, Virginia no supo quién había chocado, pero vio que Elena se ponía intensamente pálida. La tomó de la mano a la vez que se volvía hacia la pista.

Vio un coche envuelto en humo y llamas y enseguida se escucharon las sirenas de los vehículos de emergencia. Todo el mundo parecía paralizado. Nadie decía nada en la zona de boxes. Finalmente, un hombre que Virginia no reconoció se acercó a ellas.

–Keke no responde en la radio. Ahora lo están sacando del coche.

Elena empezó a sollozar y Virginia vio sus propios temores reflejados en sus ojos.

–¿Está vivo? –sollozó.

–Sí. Yo me ocuparé de llevarla al hospital al que va a ser trasladado por helicóptero.

–De acuerdo, pero no quiero irme hasta que se lo lleven.

–¿Quieres que te acompañe? –preguntó Virginia a la vez que pasaba un brazo por los hombros de Elena. No sabía qué decir, cómo ofrecerle consuelo. Una parte de ella aún temía que Marco no

140

estuviera bien, aunque su coche no había estado cerca del de Keke.

El corazón le latía a toda velocidad. Al ver que en la pantalla de boxes estaban reproduciendo el accidente a cámara lenta, decidió que lo mejor era sacar a Elena de allí y llevarla hacia el tráiler de Keke.

–¿Cómo te sientes?

Elena no dijo nada, pero unas silenciosas lágrimas se deslizaron por sus mejillas. Virginia la abrazó. Aquello era horrible. Elena necesitaba que alguien le informara de lo sucedido, pero Virginia supuso que los oficiales aún no debían de tener ninguna información concreta.

Al ver cerca de los boxes a un oficial de la carrera, le hizo una seña para que se acercara.

–¿Saben algo del estado de Keke? Su prometida está muy angustiada.

–Aún no sabemos nada. Pero la señorita Hamilton puede ir al tráiler oficial a esperar las noticias –respondió el oficial antes de alejarse.

Virginia se volvió hacia Elena.

–¿Quieres ir al tráiler oficial?

–Sí. Creo que estaría bien. Oh, Virginia, estoy tan asustada.

–No te preocupes. Todo irá bien –dijo Virginia, que enseguida se dio cuenta de que en realidad no tenía ni idea de si todo iba a ir bien. Pero se negaba a pensar negativamente. Rogó en silencio para que Keke sobreviviera al accidente–. Vamos –añadió.

Cuando llegaron al tráiler los oficiales se mostraron muy amables y les ofrecieron un asiento y algo de beber, pero aún no tenían información.

Diez minutos después, Elena se volvió hacia Virginia, desesperada.

–No puedo soportarlo más. Necesito saber que está vivo.

–De acuerdo. Voy a averiguar lo que pueda. Tú espera aquí para que puedan localizarte si es necesario.

–Gracias.

Virginia volvió a la pista. Al ver a Dominic Moretti en la zona de boxes corrió hacia él. Si había alguien que podía darle respuestas, era un Moretti.

–¿Sabes lo que está pasando, Dominic?

–No estoy seguro. ¿Cómo está Elena?

–Hecha un manojo de nervios. No conseguimos obtener ninguna información. Ni siquiera sé a quién preguntar. Pero Elena necesita saber cómo está Keke.

–Voy a ver qué puedo averiguar.

–Gracias –dijo Virginia, pero no soltó el brazo de Dom.

–¿Necesitas algo más?

–¿Qué se sabe de Marco?

Dom apoyó una mano en el hombro de Virginia.

–Está bien. Aún sigue en la pista, pero tampoco van a dejarle acercarse a Keke. En caso de que consiga hablar con él, le diré que Elena está ansiosa por tener noticias de su hombre.

–Eso estaría muy bien. ¿Te importaría decirle a Marco… que me alegro de que esté bien?

–Le transmitiré tu mensaje. Mantente junto a Elena y anota mi teléfono móvil para que podamos mantenernos en contacto.

***

Keke fue trasladado al hospital local en cuanto lo sacaron del coche. Marco tenía que terminar su vuelta y aún no se había clasificado. Pero saber que su mejor amigo estaba en el hospital lo tiñó todo de preocupación.

Casi cuarenta minutos después del accidente todos estaban de vuelta en el garaje. Aún con el mono puesto, Marco esperaba sentado a que los oficiales abrieran la pista. Virginia había llamado para decir que iba a acompañar a Elena al hospital. Había percibido el temor y la preocupación de su voz, pero no había encontrado las palabras ni el tono adecuado para tranquilizarla.

No tenía idea de lo que iba a pasar con Keke. Todos los corredores sabían que su profesión era arriesgada, que conducían coches muy rápidos diseñados desde el punto de vista de la velocidad, no de la seguridad.

–¿Tienes un minuto para hablar con nosotros? –preguntó Dom, que se había acercado a Marco con Antonio a su lado. Ambos parecían cansados y preocupados.

–Sí. ¿Qué sucede?

–¿Te encuentras bien?

–Sí. Los accidentes ocurren. ¿Recordáis las veinticuatro horas de Le Mans, cuando éramos pequeños? Todos pensaban que el abuelo no iba a salir adelante… pero salió.

Dom y Antonio miraron atentamente a Marco

y éste comprendió que eran dos de las pocas personas del mundo a las que no podía engañar con su labia.

—Da igual cuántos accidentes hayamos visto, Marco. Keke es tu mejor amigo.

—Lo sé, Dom. No dejo de ver el accidente repetido en mi cabeza. Keke... suele conducir mejor de lo que lo ha hecho hoy.

Dom acercó una silla y se sentó junto a Marco.

—¿Qué quieres decir? ¿Crees que ha chocado deliberadamente?

—No. Claro que no. Es demasiado profesional para hacer algo así. Pero creo que ahora tiene algo que perder y eso le ha hecho dudar de su instinto.

Marco no lo dijo en alto, pero estaba pensando que ahora él también tenía algo que perder. La nueva vida que estaba forjando con Virginia. Aún no le había dicho nada, pero había estado pensando que, cuando acabara la temporada, iría a Estados Unidos a pasar unas semanas con ella. Luego trataría de convencerla para que se trasladara permanentemente a Europa.

—¿Cómo lo sabes? ¿Te ha dicho Keke algo que te haya hecho pensar que Elena supone un lastre para él? —preguntó Antonio.

Marco negó con la cabeza.

—No. Pero se llega a conocer a un hombre después de pasar mucho tiempo con él.

—Como sucede con los hermanos —dijo Antonio—. Vemos el mundo desde el mismo punto de vista porque compartimos el pasado y los sueños de un futuro exitoso.

–Exacto –Marco sabía que su hermano se refería a que había permitido que Virginia se acercara demasiado a él.

–Hablemos de otra cosa –dijo Dom–. Elena ha ido al hospital y nos avisará en cuanto Keke salga del quirófano. Yo iré para allá en cuanto salgas a hacer tus vueltas de clasificación, Marco. Es necesario que haya algún Moretti presente.

–Desde luego –dijo Antonio–. ¿Existe alguna posibilidad de que el accidente se haya producido por alguna clase de sabotaje?

Marco frunció el ceño. Ni siquiera había pensado en aquella posibilidad.

–¿Por qué lo preguntas?

–Porque hay alguien empeñado en arruinarnos. Una cosa es el espionaje industrial, pero ahora que saben que estamos tras su pista, puede que hayan cambiado de táctica.

–Es posible, pero la seguridad del circuito es prácticamente infranqueable. Habría que preguntárselo a Pedro, pero te advierto que podría ofenderse si se lo preguntamos. Ya sabes que se enorgullece de ser el mejor en su negocio.

–Si es el mejor, no le importará que hagamos algunas preguntas –dijo Dom–. Yo me ocuparé de hablar con él.

–Habrá que tener cuidado el resto de la temporada –dijo Antonio–. ¿Has visto últimamente por el circuito a alguien que no debería estar en él, Marco?

–Sólo a un periodista que trataba de obtener información sobre Virginia.

–¿Estás seguro de que era un periodista? –preguntó Dom.

–No soy tonto, Dom. Claro que estoy seguro de que era un periodista.

–Nunca hace daño constatarlo. Y hablando de eso, queremos preguntarte algo que probablemente no sea asunto nuestro –dijo Antonio.

–¿De qué se trata? –preguntó Marco, alarmado al ver lo serio que se había puesto su hermano.

–¿Recuerdas el juramento que hicimos de jóvenes?

–Sí –contestó Marco. Lo cierto era que no dejaba de pensar en aquello desde que Virginia había empezado a volverse más y más importante para él. Se preguntó si se estaría engañando al creer que iba a poder controlar con facilidad sus emociones por ella.

–Estamos preocupados –continuó Antonio–. Sé que Virginia cree que, si tiene un hijo tuyo, la maldición de los Moretti se romperá, pero nosotros no estamos seguros. Y tú vas cada vez más en serio con ella.

–¿Desde cuándo os concierne mi vida amorosa?

–Desde que miras a Virginia como papá mira a mamá. Sabes lo que significa eso tan bien como nosotros.

–Virginia no significa nada para mí.

–Sí, claro. Sigues viviendo con ella a pesar de las condiciones originales del contrato. Apartas a

146

los paparazzi de ella y te aseguras de que la miman allá donde vas.

—Es mi querida, Antonio. Creo que debo tratarla bien.

Antonio y Domo se levantaron.

—Asegúrate de que no llegue a ser algo más. Todos hemos trabajado demasiado duro para sacar adelante Moretti Motors como para ver cómo se desmorona por culpa de unas faldas.

—Soy muy consciente de lo que significa Virginia para mí, y no pienso dejaros en la estacada —dijo Marco. Cuando se levantó dispuesto a encaminarse hacia su coche, vio a Virginia en la penumbra.

Virginia no se sentía especialmente bien cuando salió del hospital y tomó un taxi para volver al circuito. Achacó a la preocupación su malestar de estómago.

Ver a Marco le había sentado bien... hasta que se dio cuenta de que estaba hablando con sus hermanos sobre ella y oyó que les decía que no significaba nada para él. No era distinta a las demás mujeres con las que había estado en el pasado.

Quiso enfadarse, pero no pudo. Le había hecho demasiado feliz comprobar que aún seguía vivo.

—Siento que hayas tenido que entrar en plena conversación —dijo Dominic—. ¿Cómo está Keke?

—Estable. Elena podrá verlo cuando salga del quirófano.

–*Grazie*, Virginia –dijo Antonio–. Eres una buena amiga para Elena.

–Sé que mi contrato de «querida» normal no contempla la obligación de ser amable con la prometida del segundo piloto de Moretti Motors, pero he decidido hacer el esfuerzo de todos modos.

Antonio sonrió, tenso, y se despidió de sus hermanos antes de irse. Dominic no dijo nada, y Marco parecía tenso y enfadado.

–¿Podemos hablar un momento? –le preguntó Virginia.

Sin decir nada, Marco se encaminó hacia su tráiler privado. Dentro había un par de miembros del equipo, pero se fueron en cuanto lo vieron entrar seguido de Virginia.

Marco se volvió hacia ella en cuanto se quedaron a solas.

–Siento que hayas tenido que escuchar eso.

–Yo no. Es mejor saber la verdad. Había estado engañándome pensando que me amabas a pesar de que no me lo decías.

–*Dio mio*, Virginia…

–Lo sé. Nunca has dicho nada para hacerme creer que me querías. Sólo me he estado engañando a mí misma… –Virginia se interrumpió. Si seguía, iba a ponerse a llorar y aquello era lo último que quería que sucediera–. Da igual –dijo finalmente.

–Virginia, *mi'angela*, no dejes que mis palabras te hieran. No significan nada.

Se acercó a ella para tomarla entre sus brazos y

Virginia sintió la tentación de dejarse llevar, pero al mismo tiempo volvió a escuchar las palabras de Marco en su cabeza. Le oyó decir que no era más que una querida, y supo que tenía alguna oportunidad de salir de aquella relación con el orgullo intacto; tenía que mantenerse firme en su terreno.

Dio un paso atrás y Marco dejó caer los brazos.

—No sé qué decir.

—Hace un momento no tenías ese problema con tus hermanos.

—No deberías haber escuchado esa conversación.

—Lo sé. Has hecho un gran trabajo comportándote como si realmente te preocuparas por mí... pero supongo que así es como tratas habitualmente a tus queridas. En realidad no sé por qué me sorprendo. Ya sabía que eras así cuando te elegí.

Marco apoyó las manos en las caderas y frunció el ceño.

—No soy ningún canalla con las mujeres, Virginia. Las mujeres con las que me relaciono, incluyéndote a ti, siempre han acudido a mí en busca de algo.

—Qué detalle por tu parte mencionar eso —dijo Virginia en tono sarcástico. Sabía que debía irse antes de decir alguna estupidez, pero estaba demasiado enfadada y dolida como para irse así como así. Quería que Marco sintiera el mismo dolor que estaba sintiendo ella.

—No fui yo quien se acostó contigo y luego desapareció.

–Ya lo sé. Tampoco eres el que se ha enamorado. Tal vez así es como se supone que deben ser las cosas. Yo tendré mi hijo y tú tendrás tu vida, que seguirá adelante como de costumbre. Lo más probable es que la maldición exija que no me enamore de ti.

Marco permaneció en silencio y Virginia supo que debía irse antes de que las emociones que estaba experimentando le hicieran desmoronarse delante de él.

–Supongo que lo mejor será que tome el próximo avión de vuelta a Estados Unidos.

–Virginia… no pretendía hacerte daño. Sólo quería mantenerte a salvo y feliz.

–No te preocupes. Has hecho un buen trabajo.

–¿En serio?

–Sí.

–¿Entonces qué ha cambiado? ¿Por qué me dejas?

Virginia miró a Marco a los ojos. Era un hombre listo y ella sabía que le había gustado enterarse de que lo amaba. Pero, dado que sus versiones de la realidad eran tan distintas, no podía seguir viviendo con él.

–Supongo que ahora que sé cómo me ves no puedo seguir diciéndome que algún día vas a darte cuenta de que la única manera de romper realmente esta maldición es enamorándote y viviendo tu vida de manera plena.

Marco alzó una mano y Virginia sintió que le acariciaba el rostro. Sabía que aquélla iba a ser la última vez que iba a tocarla, y no se apartó.

–Siento esta despedida tan precipitada. Y siento no quedarme hasta el final de la temporada.

Lo besó en los labios y salió del tráiler mientras aún le quedaban fuerzas para hacerlo.

Capítulo Doce

Marco no quería admitirlo, pero pensaba que había cometido un error al permitir que Virginia se fuera. Había ganado el campeonato de Fórmula 1 y, en unos meses, Moretti Motors lanzaría el nuevo modelo Valerio… si Tony conseguía hacerse finalmente con los derechos para el uso del nombre.

De manera que no había motivo para que sintiera que faltaba algo en su vida… excepto por lo vacíos que sentía los brazos cada noche. Necesitaba recuperarla. A veces creía captar el aroma de su perfume procedente de alguna habitación, pero cuando entraba siempre la encontraba vacía.

Vacío.

¿Cómo era posible que no se hubiera dado cuenta de que se estaba convirtiendo en la misma clase de hombre que había sido su abuelo? Estaba permitiendo que las carreras y su público tomaran precedencia en su vida.

Necesitaba hacer algo, encontrar un modo de recuperar a Virginia. ¿Pero cómo?

Sacó su móvil y llamó a Keke.

—Necesito un favor —dijo, sin dar tiempo a Keke de preguntar por qué llamaba.

—¿Qué favor?

—Quiero recuperar a Virginia y necesito que alguien me ayude a coordinar las cosas en Estados Unidos.

—¿Cómo puedo ayudar?

Marco contó su plan a su amigo y unas horas después volaba hacia Estados Unidos. Nunca se había sentido tan nervioso. Ni siquiera cuando se sentó tras el volante de su primer coche de carreras. Y ahora sabía por qué. Su profesión era correr, pero Virginia era su vida y su amor, y no sabía si podría sobrevivir sin ella. Si aquello era lo que Cassia había sentido por Lorenzo, Marco entendía que hubiera decidido lanzarle la maldición cuando la dejó.

Tal vez había llegado el momento de que un Festa y un Moretti se enamoraran para deshacer los errores del pasado.

Virginia pasó el resto del verano y el comienzo del otoño en su casa de Long Island. La tripa le crecía día a día con el embarazo, y el bebé, un chico, iba muy bien. Aún estaba de baja en el trabajo y se dedicaba a pasar los días tranquilamente en casa.

Evitaba la prensa, la televisión y cualquier cosa que pudiera recordarle a Marco. Había aprendido por el camino duro que el mero hecho de verlo en una foto bastaba para despertar en ella una profunda tristeza que tardaba mucho en desaparecer.

Lo echaba mucho de menos y a veces sentía la tentación de dejar a un lado su orgullo y regresar con él. Pero también tenía que vivir consigo misma, y sabía que amar a un hombre que tan sólo la consideraba una querida no era bueno.

Era un lluvioso sábado de comienzos de noviembre y estaba pintando la habitación para el bebé. Temía pensar en las vacaciones que se avecinaban, en volver a pasarlas sola. Pero se consoló pensando que en unos meses ya no volvería a estar sola. Tendría a su bebé y celebrarían juntos todas las vacaciones.

Cuando sonó el timbre de la puerta miró su reloj. Debía de ser Elena. Ella y su familia vivían cerca del lago George y estaba pasando unos meses allí con Keke.

Keke se había recuperado sin secuelas del accidente y había decidido dejar de correr. Había aceptado un nuevo trabajo como modelo y comentarista deportivo para una emisora europea.

Habían prometido acudir aquel día para ayudarla con los preparativos de la habitación del niño. Virginia agradecía mucho la amistad que le brindaba la pareja, especialmente Elena.

El timbre volvió a sonar cuando estaba a punto de abrir la puerta.

—Adelante —dijo mientras la abría.

—*Grazie*, Virginia.

Era Marco. Estaba en el porche delantero, vestido con unos vaqueros, un jersey de cuello vuelto negro y una larga gabardina. La lluvia había mojado un poco su pelo negro.

—¿Qué… que haces aquí? —preguntó Virginia, aturdida.

–Espero que no te importe, pero ya que no querías devolver mis llamadas, he convencido a Elena y a Keke para que me dejaran venir a ayudarte en lugar de ellos.

–Eso es… ¿por qué?

–Porque necesitamos hablar. ¿Puedo pasar?

Virginia se apartó del umbral para que Marco pasara. Mientras veía cómo se quitaba la gabardina y la colgaba en el perchero comprendió cuánto lo había echado de menos. Olía tan bien como recordaba y los brazos le cosquilleaban con intensidad debido a la necesidad que sentía de abrazarlo.

–Me estás mirando fijamente –dijo Marco.

–Lo siento. ¿Por qué has venido?

–Porque me he dado cuenta de que no puedo vivir sin ti. Me da igual que mis hermanos crean que el amor supondría una condena para Moretti Motors. Te necesito en mi vida.

Virginia no estaba segura de haber escuchado correctamente.

–Yo no…

–Te mentí en Valencia cuando te dejé creer que para mí no eras más que una querida. Mi vida está vacía y carece de sentido sin ti.

Virginia fue incapaz de decir nada, pero cuando Marco alargó los brazos hacia ella acudió dócilmente a refugiarse entre ellos.

–¿Esto es real, Marco?

–*Sì, mi'angela, ti amo.*

Virginia ladeó la cabeza y lo miró para comprobar si el amor que había mencionado estaba reflejado en sus ojos. Lo estaba. Percibió una total sinceridad en ellos.

–Sé que no tengo derecho a esperar que aún sientas lo mismo por mí.

–Aún te quiero. Ha sido una agonía vivir sin ti –dijo Virginia–. Pero supuse que ésa era la única forma de aplacar a las Parcas.

Marco negó con la cabeza.

–La única forma de aplacar a las Parcas es casándonos, criando a nuestro hijo y dándole hermanos y hermanas.

–¿Estás seguro?

–Sí –dijo Marco con firmeza–. ¿Querrás casarte conmigo, Virginia?

–¡Sí! –Virginia lo rodeó con los brazos por el cuello y lo besó con todo el amor y la pasión que había ido acumulando desde que se separaron en agosto. Cuando finalmente se apartó, preguntó–: ¿Pero qué dirán tus hermanos?

–Les he hecho ver que ya tenemos una gran fortuna, que seguiremos centrándonos en lograr un éxito con nuestro coche y que eso es todo lo que necesitamos para romper la maldición.

–¿Y están de acuerdo?

–En realidad no. Pero también les he dicho que, al margen de que estés o no conmigo, eres la dueña de mi corazón y de mi alma.

Deseo™

El fuego de la pasión
Brenda Jackson

Olivia Jeffries estaba deseando darle algo de emoción a su vida, y la oportunidad se le presentó cuando conoció a un apuesto desconocido en un baile de máscaras. La atracción fue instantánea y, la química entre ellos, muy intensa. Pero unos días más tarde descubrió que su nuevo amante no era otro que Reginald Westmoreland, el rival más odiado de su padre. Intentó resistirse a él, pero Reggie fue insistente. No dejaría que nada, ni siquiera el chantaje, impidiese que Olivia volviese a su cama. ¡Aquello sí que era dormir con el enemigo!

¡En la cama con un Westmoreland!

Acepte 2 de nuestras mejores novelas de amor GRATIS

¡Y reciba un regalo sorpresa!

Oferta especial de tiempo limitado

Rellene el cupón y envíelo a

Harlequin Reader Service®
3010 Walden Ave.
P.O. Box 1867
Buffalo, N.Y. 14240-1867

¡Sí! Por favor, envíenme 2 novelas de amor de Harlequin (1 Bianca® y 1 Deseo®) gratis, más el regalo sorpresa. Luego remítanme 4 novelas nuevas todos los meses, las cuales recibiré mucho antes de que aparezcan en librerías, y factúrenme al bajo precio de $3,24 cada una, más $0,25 por envío e impuesto de ventas, si corresponde*. Este es el precio total, y es un ahorro de casi el 20% sobre el precio de portada. !Una oferta excelente! Entiendo que el hecho de aceptar estos libros y el regalo no me obliga en forma alguna a la compra de libros adicionales. Y también que puedo devolver cualquier envío y cancelar en cualquier momento. Aún si decido no comprar ningún otro libro de Harlequin, los 2 libros gratis y el regalo sorpresa son míos para siempre.

416 LBN DU7N

Nombre y apellido	(Por favor, letra de molde)	
Dirección	Apartamento No.	
Ciudad	Estado	Zona postal

Esta oferta se limita a un pedido por hogar y no está disponible para los subscriptores actuales de Deseo® y Bianca®.
*Los términos y precios quedan sujetos a cambios sin aviso previo.
Impuestos de ventas aplican en N.Y.

SPN-03   ©2003 Harlequin Enterprises Limited

Julia™

Tras ser falsamente acusada de traicionar el juramento de confidencialidad abogado-cliente, la principal prioridad de Natalie Lofton era limpiar su reputación y recuperar su vida. Eso no incluía adoptar a un irresistible chucho abandonado ni enamorarse del apuesto encargado de mantenimiento que había ido a arreglar una tubería a su refugio en las montañas. Pero Casey Walker no era un «manitas» cualquiera. El apuesto texano también tenía sus razones para recluirse en las montañas Smoky. Allí encontró a una abogada, como él, que empezó a despertar sus más tiernos sentimientos.

Gina Wilkins
Romance en las montañas

Romance en las montañas

Gina Wilkins

No esperaba encontrar a su alma gemela en aquel lugar tan remoto

Bianca™

**Pensaba que era una ladrona...
y al final le robó el corazón**

El multimillonario griego Leo Christakis está convencido de que los recatados y decorosos trajes sin forma que usa Natasha no son más que una tapadera para ocultar a la mujer interesada y ladina que hay debajo.

Pensando que Natasha ha estado robándole a su empresa, Leo le ordena que esté a su total disposición... dentro y fuera del dormitorio. Natasha se ve inmersa en ese mundo de lujo inimaginable hasta que Leo descubre que es inocente... ¡en todos los sentidos de la palabra! Entonces, llega a la conclusión de que no le queda otra opción que convertirla en su prometida.

¿Inocente o culpable?

Michelle Reid